내 이름은 백수학

내 이름은 백수학

김상미 지음

과목	답란	이름	백수학	월 4 / 학년 1	일 XX / 반 X	확인

문항	답란	문항	답란	문항	답란	문항
1	① ② ③ ④ ⑤	11	① ② ③ ④ ⑤	21	① ② ③ ④ ⑤	31
2	① ② ③ ④ ⑤	12	① ② ③ ④ ⑤	22	① ② ③ ④ ⑤	32
3	① ② ③ ④ ⑤	13	① ② ③ ④ ⑤	23	① ② ③ ④ ⑤	33
4	① ② ③ ④ ⑤	14	① ② ③ ④ ⑤	24	① ② ③ ④ ⑤	34
5	① ② ③ ④ ⑤	15	① ② ③ ④ ⑤	25	① ② ③ ④ ⑤	35
6	① ② ③ ④ ⑤	16	① ② ③ ④ ⑤	26	① ② ③ ④ ⑤	36
7	① ② ③ ④ ⑤	17	① ② ③ ④ ⑤	27	① ② ③ ④ ⑤	37
8	① ② ③ ④ ⑤	18	① ② ③ ④ ⑤	28	① ② ③ ④ ⑤	38
9	① ② ③ ④ ⑤	19	① ② ③ ④ ⑤	29	① ② ③ ④ ⑤	39
10	① ② ③ ④ ⑤	20	① ② ③ ④ ⑤	30	① ② ③ ④ ⑤	40

드림주니어

목차

1장
이름값 못하는 내 이름은 백수학

01. '수학'이라는 이름의 바위 … 008

02. 설상가상, 수학뷁! … 016

03. 폭탄 선언! … 020

04. 장동건 씨 … 027

2장
참이 되는 이름값

05. 새로운 목표 … 032

06. 내 친구 차지수 … 041

07. 마음의 문을 여는 열쇠, 퍼즐 … 049

08. 뭉치 VS 지수 … 061

3장

이름값과 수학의 관계

09. 새로운 질문의 등장 ··· 074

10. 외할머니의 수첩 ··· 078

11. 고차원의 수학 ··· 089

12. 수학 시간 ··· 108

4장

이름의 기원

13. 외할머니의 퍼즐 ··· 120

14. 엄마의 외출 ··· 129

15. 결정 ··· 133

16. 지수, 차원, 그리고 뭉치 ··· 144

5장
이름의 증명

17. 외할머니의 유산 … 160

18. 체육관 수학 수업 … 173

19. 뭉치의 고백 … 189

20. 외할머니의 마지막 편지 … 196

에필로그 Q.E.D … 207

부록
지수의 퍼즐 노트

1장

이름값 못하는
내 이름은 백수학

01

'수학'이라는 이름의 바위

"1번부터 앞으로 나와 점수 확인하고 사인하도록 해. 옆 반은 수업 중이니까 소란스럽게 하지 말고 나머지 친구들은 나눠준 스도쿠 퍼즐을 풀렴."

새 학년이 되고 첫 번째 단원평가 결과를 확인하는 날이다. 학기 초라 아직 아이들 이름도 다 모르는데 누가 나보다 수학을 잘하는지 먼저 알게 되는 날이기도 하다. 점수를 확인하는 동안 아이들이 왁자지껄 떠들까 걱정하는 수학 선생님의 당부가 길어졌다.

'올 것이 왔네.'

대충 채점해 보니 겨울방학 내내 선행학습을 한 것에

비해 결과가 잘 나오질 않은 듯했다. 다른 아이들은 잘 봤으려나? 점수를 확인하는 아이들을 바라보았다. 환호성을 지르는 아이, 실수로 한 문제를 틀렸다며 세상이 무너진 듯한 표정을 짓는 아이, 점수는 거들떠보지도 않고 사인만 하는 아이, 엄마한테 혼날 거라며 연신 벌벌 떠는 아이 등 그 표정이 각양각색이었다. 과연 내 표정은 어떻게 될지 내심 긴장하며 순서를 기다렸다. 일부러 감춘 건 아니지만 실력이 처음으로 드러나는 순간은 언제나 민망하다.

'이번 수학 선생님도 내 점수를 보면 실망하시겠지? 좋은 선생님 같아서 잘 보이고 싶었는데.'

학년이 오를수록 남들의 기대는 고사하고 내 자신의 기대에도 못 미치는 시험 결과만 계속 쌓이고 있다. 교탁으로 나가는 아이들의 모습을 보는데 문득 작년 이맘때가 떠올랐다.

"이 녀석, 수업 태도는 참 좋은데, 이름이 반전일세."

선생님의 혼잣말에 반 친구들이 웃음을 터뜨렸던 그날, 나는 한없이 작아졌다. 선생님의 무심한 농담 때문에 내 가슴에는 커다란 구멍이 생겼다. 왜 하필 지금 그날의 기억이 떠올랐는지. 덕분에 내 차례가 올 때를 계속 주시

하고 있었는데도 그만 나갈 타이밍을 놓쳤다.

"다음 누구야! 백수학! 백수학!"

선생님이 내 이름을 부르는 소리에 벌떡 일어나 앞으로 걸어 나갔다. 이렇게 주목받고 싶지는 않았는데. 콧등에 땀이 송글송글 맺혔다. 그때 책상에 엎드려 있던 한 아이가 얼굴을 힘겹게 들어 올리더니 심드렁하게 말했다.

"아, 깜짝이야! 난 또. 누가 100점이라는 줄 알았네."

새 학년이 되고 지금까지 학교에 오지 않은 날이 더 많은 친구였다. 학교생활 자체에 관심이 없으니 내 이름 따위를 알 리는 없겠지만 하필 시험 점수를 확인하는 날 와서 내가 가장 우려하는 상황을 만들어버렸다. 누군가가 키득거리는 소리를 시작으로 웃음 폭죽이 도미노처럼 번졌다. 아, 작년에도 이랬었던 것 같은데. 여기저기서 내 이름을 수군거리던 아이들은 내가 정말로 100점을 맞았는지 은근히 궁금해하는 눈치였다.

'아니, 도대체 이름이 백수학이면 꼭 수학 시험을 100점 맞아야 하는 거야? 그런 엉터리 같은 생각이 어디 있어?'

숫자 하나로 나를 정의하려는 이 어이없는 상황이 반복될 때마다 점점 더 견디기가 힘들어진다. 더구나 내 이름은 셈 수數 자가 아니라 닦을 수修 자를 쓴다. 아이들이 생각하는 그 수학數學과는 뜻이 전혀 다르다는 뜻이다. 보이는 대로 생각하려는 단순함 때문에 위축되어야 하다니. 이 상황이 어이없으면서도 움츠러들 수밖에 없었다.

'괜찮아. 점수는 공개되지 않으니까 어차피 쟤들은 내 점수를 몰라. 기죽지 말자.'

내 자랑은 아니지만 솔직히 공부 못 하게 생겼다는 말을 들어본 적은 없다. 전형적인 모범생처럼 생겼으니 연기만 잘하면 감쪽같이 속일 수 있으리라 마음을 다잡았다. 자신감을 억지로 끌어올리고 서둘러 선생님께 다가가 이름 옆에 적힌 점수를 확인했다.

'헐. 점수가 푹푹 꺼지네. 이러다 내 자리에 씽크홀 생기는 거 아냐?'

점수는 가채점했던 결과보다 더 처참했다. 하지만 절대 티 내면 안 된다. 점수를 본 순간 흔들리려는 동공을 강한 의지로 붙들고 사인을 했다. 내게 달라붙은 아이들의 시선을 느끼며 자리로 돌아와 앉았다. 나름 잘 넘긴 것 같다고 안심하던 차에 건너편 줄에 앉은 불청객 뭉치가 끼어들어 말했다.

"야, 백수학. 너 이번에도 100점 아니지? 이름이 아깝다!"

뭉치는 초등학교 때 수학 학원의 상위권 반에서 같이 수업을 들었었다. 그때는 우리를 라이벌로 묶는 묘한 분위기가 있었지만 스포트라이트는 내 몫이었다.

"이번에도 100점이네. 백수학, 이름값 좀 하는데?"

뭉치는 늘 2등이었다. 하지만 그때는 나도 뭉치도 누가 더 잘하고 못하는지 신경 쓰진 않았다. 시험 점수는 내가 더 좋았지만 뭉치의 실력이 만만치 않은 건 나도 잘 알았기 때문이다. 수학에 관해서는 통하는 부분이 있어 함께 공부할 때면 호흡이 잘 맞아 재미있었다. 그 기억은 지금도 여전히 좋게 남아있다.

그러나 어느 순간부터 뭉치가 나를 이겨내야 할 대상으로 여기는 게 느껴졌다. 처음에는 날 대하는 태도가 변하는 게 섭섭했었다. 나중에 다른 친구를 통해 매번 나에게 가려 주목받지 못할 때마다 뭉치 어머니가 뭉치를 무척 다그치셨다는 이야기를 들었다. 자기 때문에 엄마가 속상해한다며 뭉치가 힘들어했다고도 했다. 그 사실을 알게 된 이후로는 뭉치가 장난 반 심통 반으로 나를 놀려도 성적 압박이 심한 탓이라 생각하고 그냥 넘겨왔다.

하지만 배려를 위한 첫 단추가 잘못 끼워진 탓일까? 뭉치가 나를 놀리는 빈도는 점점 더 잦아졌다. 더구나 중학생이 된 후로 예전 실력이 무색하게 내가 중위권 반으로 내려오는 굴욕을 겪게 되자 그동안 나로 인해 엄마에게 받은 설움을 만회라도 하려는 듯 더 자주 놀리기 시작했다. 사정을 잘 모르는 사람들은 그저 친한 친구가 던지는 농담이라고 생각할 수도 있지만 나는 뭉치가 나를 저격하고 있다는 사실을 잘 안다.

뭉치는 확실히 변했다. 수학 점수에만 인생을 걸었는지 학원 수업과는 별개로 학원 시험 성적을 잘 받기 위해 과외까지 한다고 들었다. 어릴 적에는 그 애도 수학이 좋아서 공부한다고 생각했는데 요즘은 그저 점수에만 집착하는 모습이 눈에 띈다. 학업 스트레스는 입으로 푸는지 심한 말도 서슴지 않아 다른 아이들과도 크고 작은 마찰을 일으킨다. 매번 담임 선생님께 지도를 받는데도 깐죽이는 습관을 바꾸지 못하고 있다.

그래서 난 그 녀석에게 사고뭉치를 줄여서 뭉치라는 별명을 붙여 주었다. 한때는 친구였는데 또래들 사이에서 점점 미운 오리 새끼가 되는 걸 보면 안타깝기도 하다.

어쨌든 사이가 멀어지면서 같은 반이 안 되기를 기도했건만, 무슨 인연인지 같은 반이 되었다. 이 타이밍에 아는 척해서 내 치부를 드러내려 하다니 괘씸했다.

'엮이지 말아야지.'

나는 뭉치의 말을 못 들은 척했다. 저 녀석과 계속 엮이는 상황이 심란해서 눈을 질끈 감았다.

"점수 확인하다가 시간이 다 갔네. 예전에는 그냥 게시판에 붙이고 확인했었는데 말이야. 자! 아무튼, 오늘 숙제는 오답 노트 작성이다. 틀린 게 없는 사람은 숙제가 없겠지? 숙제 제출 안 하면 수행평가 점수에서 깎을 테니 다 해오도록. 이상."

점수를 공개하지 않기 위해 수업 시간 내내 한 명씩 확인하게 했으면서 틀린 걸 숙제로 해 오라니, 모순이 아닌가? 하지만 수행평가가 걸려 있으니 숙제를 안 낼 수도 없다. 이제 내일이면 내가 100점이 아니라는 사실이 만천하에 드러나게 생겼다. 12시가 되면 재투성이가 되는 신데렐라처럼 내일이면 오답투성이의 백수학이 된다.

학기 초가 되면 수학 시간마다 반복되는 이 상황이 이제는 조금 버겁다. 문득 그리스 로마 신화에서 매일 바위를 산 정상으로 밀어 올려야 하는 시지프스가 떠올랐다. 왜 신은 '백'씨인 나에게 '수학이라는 이름의 바위'를 내리셨을까? 매일 불리는 이름의 무게에 짓눌려 어깨가 무겁다. 내 이름, 이대로 괜찮을까?

설상가상, 수학뷁!

"오늘은 신조어의 흐름에 대해 이야기해 볼 거야. 요즘 너희들도 쓰는지는 모르겠는데 선생님이 학교 다닐 때 나왔던 말 중엔 '뷁'이라는 단어가 있었어."

국어 선생님은 선생님이 학창 시절 사용하셨다는 말을 칠판에 크게 적으셨다.

"뷁이 뭐예요?"

뭉치가 관심을 보였다.

'이번엔 또 무슨 꼬투리를 잡으려고 저러는 거야?'

뭉치가 관심을 보일 때마다 신경이 쓰였다.

"요즘은 노래 가사에 영어 가사의 비중이 늘어나 자연

스럽게 쓰고 있지만 그때는 아니었거든. 코러스로 짧게 들어가는 정도였지. 이 단어는 어떤 가수의 노래 가사에 나오는 break라는 영어 단어에서 유래했어. 사람들이 재미 삼아 강하게 발음하면서 주목을 받았는데, 어느 순간부터는 기분이 좋지 않을 때 내뱉는 부정적인 느낌의 감탄사로 자리 잡았지.”

아이들은 선생님이 알려주신 옛 시절 신조어가 재미있는지 저마다 발음해 보기 시작했다. 하지만 선생님은 그 말을 알려주시지 말았어야 했다. 내 이름을 놀리는 걸 낙으로 삼는 뭉치가 선생님을 등지고 앉아 나를 향해 입을 벙긋거리기 시작했기 때문이다. 그 소란스러운 교실에서도 뭉치가 발음하는 단어가 내 눈에 또렷이 들어왔다.

‘뷁수학, 뷁수학.’

참는 자가 이기는 거라고 하지만 사사건건 교묘하게 나를 놀리는 이 상황을 언제까지 그냥 넘겨야 하는 걸까? 가끔은 학교에서 친구의 못된 장난에 대처하는 법을 가르쳐 줬으면 좋겠다. 수업이 끝나는 종이 치고 선생님이 나가시자 뭉치는 아이들 다 들으라는 듯 큰소리로 말했다.

“아아. 단원평가 결과도 생각한 만큼 안 나오고. 수학 정말 싫어. 수학, 뷁이야.”

학교에서 가장 많은 시간을 들여 공부하는 수학. 하지만 투자한 만큼의 결과를 잘 보여주지 않는 밀당의 고수, 수학. 싫어도 포기할 수 없는 애증의 수학. 뭉치가 쏘아 올린 ‘수학, 뷁’이라는 공은 수학을 싫어하는 아이들도 그 단어를 내뱉게 만드는 신호탄이 되었다. 다들 그 말이 입에 착착 붙는 모양이다. 단원평가 결과를 받고 난 뒤라 더 그랬을지도 모르지만 친구들이 수학이 싫다며 ‘수학, 뷁’을 외칠 때마다 꼭 내가 싫다는 말처럼 들렸다. 백씨가 나만 있는 것도 아닌데 하필 아이들이 싫어하는 과목과 이름이 똑같다 보니 마치 수학이 싫다는 뜻과 내가 싫다는 뜻의 애매한 경계를 얄밉게 오고 갔다.

‘미치겠네. 도저히 더는 못 참아!’

안 그래도 얼마 전 우리 학교로 전학을 온 아이가 이전 학교에서 이름이 촌스럽다고 놀림을 받고 힘들어하다가 결국 이름을 바꿨다는 소식을 들은 참이었다. 이름 때문에 힘들다면 이름을 바꾸는 것도 괴로움을 극복하기 위한 한 가지 방법이 되겠다는 생각이 들었다.

‘그래, 결심했어! 이번에야말로 무슨 일이 있어도 꼭 바
꾸고 말 거야!’

나는 무슨 일이든 시작하면 늘 3일을 넘기지 못했다.
하지만 이번만큼은 흐지부지 넘기지 않겠다고 다짐했다.

폭탄 선언!

"개명할래요!"

학교에서 집에 오자마자 신발을 벗어 던지고 엄마부터 찾았다. 엄마는 하루 종일 집안일로 힘드셨는지 피곤한 얼굴로 "왔니?"라는 짧은 인사만 하곤 부엌으로 향하셨다. 언제나 그렇듯 개명하겠다는 내 말은 엄마의 귓등을 스치고 지나갔다.

"오빠, 개명이 뭐야?"

방에서 놀다 나온 막둥이가 내 말에 반응을 보였다. 이 집에서 내 말을 비중 있게 생각하는 사람은 막둥이뿐이다. 충실한 부하가 있는 게 든든할 때도 있지만 내 마음이 복

잡하면 성가시기도 하다. 막둥이는 내 방까지 졸졸 따라
와서 계속 물었다.

"개명이 뭐야?"

"아, 나가!"

나는 가방을 침대 위로 던지며 화를 냈다.

"치. 오빠 미워."

섭섭함을 담아 투정부리는 동생을 뒤로하고 다시 엄마
가 있는 부엌으로 갔다. 이번만큼은 나도 물러서지 않을
작정이다.

"이름 바꿔달라니까요!"

부엌을 향해 다시 한번 외쳤다.

"손 씻었니? 얼른 손 씻고 와서 이거 좀 먹어 보렴."

엄마는 늘 이런 식이다. 내가 무언가를 요구할 때마다
다른 곳으로 관심을 돌리려고 하신다. 그 다른 곳이 맛있
는 음식이라면 나는 백전백패다. 하지만 이번에는 아니
다. 일단 먹더라도 결코 그냥 넘어가지 않을 것이다. 접시
위의 고기를 하나씩 집어 먹으며 전투력을 다시 끌어올
렸다. 배부른 돼지가 되느니 배고픈 소크라테스가 되겠다
고들 하는데 나는 배가 불러야 머리가 잘 돌아간다.

'역시 내 뇌는 위랑 연결되어 있어.'

고기 먹은 힘을 끌어모아 다시 엄마께 개명을 요구하기 시작했다. 팽팽한 분위기가 이어졌다.

"네 이름은 외할아버지가 지어준 거라 내가 어떻게 할 권한이 없어."

엄마는 한 발 물러서는 첫수를 두셨다. 그래서 나는 과감하게 한 발 내딛는 수를 두었다.

"이름의 권한은 제 거죠. 제 이름이잖아요."

나지막한 소리의 대화가 오고 갔지만 긴장감은 무림 고수들의 결투 못지않았다.

"그럼 태어날 때 바로 말을 하지 그랬니."

엄마의 다음 한 수에 순간 말문이 막혔다.

"태어나면 울기밖에 못하는 데 무슨 말을 해요? 엄마, 저 지금 진지하다고요!"

욱하는 마음에 커진 내 목소리와 대조적으로 엄마의 목소리는 여전히 나지막했다. 아무래도 내 요구를 가볍게 생각하는 것 같았다.

"배움을 통해 자신을 갈고닦는 사람이 되라고 지어주신 이름이잖니."

엄마는 내 이름에 담긴 의미를 환기시키며 나를 달랬다.

"저는 학자도 싫고 공부도 싫어요. 그리고 수학은 더, 더, 더 싫어요."

"그게 어떻게 똑같니? 그 수학은 그건 셈 수數, 배울 학學이고, 네 이름은 닦을 수修, 배울 학學이잖아."

난 두 눈을 부릅뜨고 엄마를 바라봤다. 내 속도 모르고 한자의 뜻을 운운하는 엄마와의 대화가 점점 답답해졌다.

"그건 중요하지 않아요. 엄마는 상대방 이름을 한자에 담긴 뜻으로 불러요? 아니잖아요! 친구들한테 저는 그냥 수학이라고요. 백! 수! 학! 수학 100점도 맞지 않았으면서 왜 백수학이냐는 소리도 싫고 네가 수학이면 동생은 영어냐는 웃기지도 않는 농담을 듣는 것도 싫어요."

동생이라는 말이 나오자 막둥이가 옆에서 움찔했다.

"외할아버지는 이름을 지을 때 제가 백씨라는 건 고려하신 거예요? 백수라고 놀리는 애들도 있단 말이예요! 이러다가 진짜 백수가 되면 좋아요? 더구나 요즘은."

차마 뷁수학이라 놀림 받는다는 사실까지 전할 수는 없었다.

"그래도 탕 씨가 아니라 얼마나 다행이니? 탕수학이었다면 한 번쯤 고려는 했겠지."

나는 엄마의 위트를 좋아하지만 이번만큼은 얄미웠다.

"탕수육 먹고 싶다."

뒤에서 막둥이가 말했다. 이 대화는 이렇게 산으로 가는 것인가? 마음이 너무 심란했다.

"이름으로 장난치는 거 그냥 한 때야. 고등학교 가면 아무도 안 그럴 걸? 내가 피씨잖니? 내 친한 친구들도 나를 찾을 때는 '피 봤냐?'라고 했었어. 다 한 때란다."

엄마도 이름에 관한 에피소드까지 언급하시며 결코 물러서지 않으셨다. 하지만 시간이 해결해 줄 거라는 엄마의 위로는 지금 내 상황에 전혀 도움이 되지 않았다.

"싫어요! 정말 싫다고요! 이름 바꿔주세요!"

엄마께서는 속사포처럼 쏟아내는 내 투정을 황당하다는 표정으로 바라보셨다. 사실 이름에 대한 불편한 감정을 미주알고주알 말한 적이 없으니 당황하시는 것도 이해가 됐다.

"튀고 싶지 않아요. 주목받기 싫단 말이에요."

나는 한 번 더 완곡하게 표현했다.

“배부른 소리 그만 해. 요즘은 주목받아야 하는 세상이야! 그렇다면 더할 나위 없이 좋은 이름 아니니?”

역시나 엄마는 두루뭉술한 내 논리에는 동의할 생각이 없어 보이셨다. 역시 조금 더 강하게 호소해야겠다. 논리가 부족할 때 흥분한 망나니처럼 날뛸 수 있는 것도 사춘기의 특권이니 말이다.

“다른 아이들은 말만 하면 부모님이 바로 바꿔주신다던데, 엄마는 아들 부탁이 그렇게 귀찮아요?”

내 목소리는 아파트에서 허용되는 암묵적인 소음의 한 계치를 뛰어넘었다. 그러자 한쪽 구석부터 집안 공기가 얼어붙기 시작했다. 처음에는 베란다에 있는 해피트리가 얼었고 그다음에는 거실의 공기가 얼음으로 변하더니 몰래 엄마와 나의 대화를 듣고 있던 막둥이가 그대로 얼어붙었다. 찰나의 순간 얼음 왕국으로 변한 거실에는 잠시 동안 정적이 흘렀다. 그리고 엄마가 굳은 표정으로 나를 물끄러미 쳐다보셨다.

“멍!”

반려견 몽글이가 짧게 짖으며 내 발끝을 핥는 순간 거실은 원래의 온기를 되찾았다. 엄마는 아무 말 없이 방으

로 들어가셨다. 막둥이는 나를 힐끔힐끔 보며 엄마를 뒤
따랐고 몽글이는 내 발 주변을 맴돌며 냄새를 맡았다.

04

장동건 씨

'처음부터 진지하게 들어주면 좋았잖아.'

동생 앞에서 엄마께 소리 지른 일이 무안하기도 해서 거실에서 머뭇거리는데 엄마를 따라갔던 막둥이가 방에서 나오더니 나에게 슬며시 다가왔다.

"수학이 오빠, 화났어?"

등을 돌린 채 아무 말 없이 앉아 있자 막둥이는 자기가 들고 있던 종이를 덜렁 내밀었다.

백쑤확

심각하게 고민하던 와중에 막둥이가 쓴 우스꽝스러운 글자를 본 순간 웃음이 터지고 말았다.

"이게 뭐야?"

"오빠 이름. 멋있어."

요즘 막둥이는 한글을 익히느라 늘 펜과 종이를 들고 다닌다. 엉망진창이지만 정성껏 쓴 내 이름을 건네는 모습이 마치 나를 위로하는 것 같아 고마웠다. 막둥이의 엉터리 글씨는 혼란스러운 내 마음을 대변하는 듯했다.

막둥이는 내 옆에 자리를 잡더니 글씨 연습을 시작했다. 그 모습을 보니 흥분했던 마음이 가라앉았다.

"원피스 새로 샀어? 잘 어울린다."

막둥이를 보며 내가 말했다.

"예전에는 입혀주는 대로 잘 입더니 요즘은 조금 컸다고 어찌나 옷 투정을 하는지. 외출할 때마다 마음에 안 든다며 옷을 고르는 데만 한나절이 걸리길래 하나 사줬어. 마음에 드는 거 골라 보라니까 그걸 고르더라고."

방에 들어갔던 엄마께서 막둥이에 대한 이야기를 하며 나오셨다. 나는 다시 긴장했다. 엄마는 거실 소파에 앉으시더니 손으로 옆을 탁탁 두드리셨다.

“여기 앉아봐.”

화해의 제스처인가? 나는 잠자코 엄마 옆에 앉았다. 엄마는 차분히 말씀을 시작하셨다.

“엄마는 수학이 널 다 이해하진 못해. 그래도 네 말을 듣고 나니 대학생 때 미팅하던 기억이 떠올랐어. 그때는 소지품을 랜덤으로 골라 상대를 정하는 미팅이 유행이었거든? 그날 엄마는 장동건이라는 이름이 적힌 볼펜을 골랐지. 지금으로 따지면 차은우처럼 아주 잘생긴 사람의 대명사였어. 그런데 볼펜 주인을 보는 순간 표정 관리가 안 되더라고. 그 날 미팅은 그 순간 이미 실패로 끝난 거나 다름없었지. 하지만 장동건 씨, 매너가 좋더라. 내 표정을 보고도 언짢은 내색 하나 없었어. 이런저런 이야기를 나누다 보니 사람이 괜찮더라고. 재미도 있고.

그러다 헤어질 때가 되니 그제야 한마디 하더라. 공공장소에서 자기 이름이 불리면 다들 수군거리다가 자신이 등장한 순간 내가 그랬던 것처럼 김샌 표정을 짓는다고 말이야. 처음에는 신경이 안 쓰였는데 잘 알지도 못하는 사람들한테 그런 시선을 반복적으로 받으니 어디 나서는 걸 머뭇대게 되었다고 하더라라고. 그 이야기를 듣고 나서는 충분히 그럴 수 있겠다고 생각했던 거 같아. 만약 악명 높은 사람과 동명이인이라면 더욱 그렇겠지. 그 이야기를 들으니 내가 다 미안하더라고.”

엄마께서 나를 이해해 주려고 이 말씀을 하는구나. 그런 엄마께 크게 소리를 질렀던 행동이 부끄럽게 느껴졌다.

“엄마는 여전히 수학이라는 이름이 장동건 씨만큼 스트레스를 심하게 받을 정도는 아니라고 생각해. 하지만 너는 꼭 이름을 바꾸겠다고 하니…….”

엄마는 말끝을 길게 끈 후 이어서 말씀하셨다.

“수학이 네가 직접 외할아버지에게 허락을 받아 와. 그러면 나도 허락할게. 엄마도 심사숙고해서 내린 결정이니 존중해 주렴. 네 이름인데 왜 허락받아야 하냐고 했지? 엄마 기준에서는 내 아버지가 지어준 아들 이름을 말씀도 안 드리고 바꾸는 건 용납할 수 없어. 그러니 외할아버지를 설득해 봐. 외할아버지가 괜찮다고 하시면 바꾸는 걸로 하자.”

그렇게 개명이라는 공은 다시 나에게 던져졌다.

2장

참이 되는 이름값

05

새로운 목표

침대에 누워 천장을 바라봤다. 수학이라는 이름을 준 대상이 닿을 수 없는 신이 아닌 건 다행이지만 그렇다고 해서 외할아버지가 무언가 허락을 받기 위해 다가가기 쉬운 대상은 아니다. 나는 외할아버지와의 교점이 거의 없다. 엄마 말에 따르면 초등학교 입학 전에는 외가에서 거의 살다시피 했다는데 유감스럽게도 나는 그때의 기억이 나지 않는다. '외할아버지가 너를 어떻게 돌봐주셨는데'로 시작하는, 나도 기억하지 못하는 나의 어릴 적 이야기를 들을 때마다 어떤 표정을 지어야 할지 난감한 적이 많았다.

그나마 초등학생 때는 기억이 난다. 하지만 이미 여러 학원을 다니기 시작하며 외가댁은 명절이나 공휴일에 가끔 가는 정도였다. 그마저도 중학생이 되고 나서는 공부를 해야 한다는 핑계를 대고 가지 않았다. 조금 더 솔직히 말하면 나를 많이 예뻐해 주시던 외할머니께서 돌아가신 후라 가고 싶지 않기도 했다.

외할머니 이야기가 나와서 말인데 외할머니는 정말 따뜻한 분이셨다. 내가 가면 항상 내가 좋아하는 요리를 해 주셨다. 끝도 없이 음식을 차려주시는 외할머니 때문에 내 위장의 한계를 알게 되었다.

그리고 외할머니는 내 생일이 되면 항상 잊지 않고 위트와 재치가 있는 메시지도 보내주셨다. 신학기 스트레스 때문에 상처 난 마음을 위로해 주던 그 메시지는 외할머니의 건강이 안 좋아지면서 더는 오지 않았다. 그래서 내가 가장 잘한 일 중 하나는 요리 사진이든 메시지든 외할머니와의 추억을 삭제하지 않고 저장해 놓은 일이라고 생각한다. 덕분에 외할머니와의 추억에는 유통기한이 없으니 말이다. 지금도 용기가 필요할 때면 마법 카드마냥 사진을 찾아보곤 한다.

‘외할머니가 계셨다면 쉽게 개명 허락을 받았을 텐데.’

외할아버지를 상대해야 하다니, 허락을 받기 위한 첫 시작부터 버겁게 느껴졌다.

내 기억 속 외할아버지는 우리 가족이 오면 “왔니.”라는 한마디의 인사를 건네곤 서재에 들어가 계시다가 우리가 집으로 갈 때쯤 “잘 가거라.”라고 하셨다. 간혹 거실에 앉아 눈을 감고 미소 지으며 엄마가 풀어내는 이야기를 들으셨다. 그러다가도 엄마와 의견이 다를 때는 물러섬이 없으셨다. 어떤 주제든 두 분이 논쟁을 시작하면 용접을 하듯 의견을 이어 붙이기 위한 불꽃이 튀어 옆에 앉아만 있어도 뜨거웠다. 아무리 생각해봐도 나에게 외할아버지는 다가가기 어려운 존재다.

‘이를 어쩐다.’

난감했다. 예전 같으면 대신 말해주면 안 되냐며 엄마를 졸랐겠지만 중학생이 되니 그런 행동은 자존심이 허락하지 않는다. 내 주위의 수많은 마마걸, 마마보이처럼 되고 싶지는 않았다.

이러저런 방법을 모색하던 나는 이불을 박차고 벌떡 일어나 방을 나섰다. 방문이 열리는 소리에 막둥이와 몽글이의 머리가 미어캣처럼 돌아갔다. 둘은 평소와 다름없이 놀아달라는 표정으로 나를 바라보았지만 오늘은 어림없었다. 나는 빨래를 개고 있는 엄마에게 다가갔다.

"외할아버지는 뭐 좋아하세요? 외할아버지에 대해 잘 알아야 부탁도 수월하게 할 수 있을 것 같아서요."

엄마께 좋은 방법을 같이 생각해 달라고 에둘러 말했다.

"이름을 진짜 바꾸고 싶기는 한가 보네. 외할아버지 마음을 얻겠다는 생각까지 하는 걸 보니. 어디 보자, 외할아버지가 뭘 좋아하셨더라."

빨래를 개던 손을 멈추고 생각하던 엄마는 금세 답이 떠오르신 듯했다.

"그래, 맞아! 외할아버지가 확실하게 좋아하는 게 있긴 있지."

엄마의 눈에 확신이 보였다.

"그게 뭔데요?"

나는 사실 내가 무얼 좋아하는지 잘 모른다. 자기소개서에 취미를 적을 때도 한참을 머뭇거리다가 그나마 만만한 독서라고 쓰고는 한다. 하지만 외할아버지는 확실한 취미를 갖고 계시다니, 그것이 무엇일지 궁금했다.

“퍼즐! 퍼즐을 좋아하셔. 외할머니와도 그걸로 만났고.”

엄마의 말에 나는 고개를 갸웃거렸다.

“퍼즐?”

왠지 외할아버지 연배에는 장기나 바둑, 탁구, 등산 같은 걸 좋아하실 줄 알았는데 의외였다.

“외할머니와 외할아버지는 성향이 완전 반대거든? 그런데 취미가 같으셨어. 두 분이 처음 만난 장소가 시골 시외버스 대합실이었대. 그때는 버스 대합실에서 각종 잡지와 신문, 그리고 작은 퍼즐 책을 팔았다고 하더라고. 휴대전화가 없던 시절이었으니까 버스가 출발할 때까지 무료함을 달래기 위한 것들이 많았던 거지. 두 분이 한 권 남은 퍼즐 책을 동시에 잡았다지, 아마? 영화에 나오는 한 장면처럼 로맨틱하지 않니? 책은 외할머니에게 양보했지만, 버스 안에서 같이 풀면서 왔다고 하시더라. 그때부터 두 분의 인연이 시작된 거지.”

부모님의 첫 만남을 이야기하는 엄마의 얼굴은 마치 수줍은 소녀처럼 발그레했다.

‘그럼 엄마가 두 분이 푼 퍼즐의 답인 건가?’

나는 속으로 생각했다.

“외할머니 살아계실 땐 두 분이 퍼즐 책 사러 중고 서점에 자주 가셨어. 난 네가 기억 못 하는 게 더 놀랍다. 이래서 사람들이 애가 너무 어릴 때부터 이것저것 잘해주는 거 다 소용없다고 하나 봐. 수학이 너, 정말 기억 안 나니? 외할머니, 외할아버지랑 같이 퍼즐 풀었잖아. 다들 수학영재 났다고 난리였는데. 그러고 보니 옛날 짐 정리해 드린다고서 깜빡하고 있었네. 아무튼, 거기에 네 짐도 같이 있어. 외할머니가 너랑 같이 한다고 숫자 퍼즐이며 도형 퍼즐 책을 잔뜩 사다 두셨거든.”

하지만 나는 전혀 기억나지 않았다. 내 어린 시절인데도 마치 남의 이야기처럼 들렸다.

“제가 어릴 적에 외할머니와 외할아버지와 퍼즐을 풀었다고요? 초등학교 때 퍼즐을 그럭저럭 즐겼던 기억은 나는데……. 사실 그것도 제 기억인지 아니면 어른들이 말씀해 주신 걸 기억이라고 착각하는지 모르겠어요.”

중학생이 되고 나서 퍼즐은 딱 끊었다. 시간을 들여도 답을 찾지 못할 때도 있었고 수학 성적이 떨어진 다음부터는 퍼즐을 즐길 마음의 여유도 없어지다 보니 담을 쌓은 지 오래다. 그런데 많고 많은 취미 중에 하필 퍼즐을 좋아하실 줄이야! 환심을 사려는 작전은 시작도 전에 난관을 만났다. 나도 모르게 한숨이 났다.

"외할아버지는 패턴 퍼즐을 만들고 남들이 그걸 언제 발견하는지 지켜보는 것도 좋아하셔. 내가 어릴 적에는 새로운 패턴을 만든 종이를 집 어딘가에 살짝 던져놓고 내가 호기심을 보이면 좋아하셨지. 내가 두 분의 그 기대에 끝까지 부응하지 못한 건 죄송하긴 해. 아주 많이."

엄마는 잠깐 생각에 잠기신 듯하다 말을 이어갔다. 그러고 보니 좋은 학교를 나와 남들 들어가기 어렵다던 직장을 다니던 엄마가 육아 때문에 회사를 그만둘 때 두 분이 많이 속상해하셨다고 들었던 것 같다.

"외할아버지는 서재에 들어가면 한동안 안 나오셨잖니? 그게 할머니보다 먼저 퍼즐 풀려고 그러신 거야. 이기고 싶으셔서. 지면 삐지시거든. 우리가 가면 외할머니가 너한테 빠져있는 동안 퍼즐을 푸셨던 거지. 그런 거 보면 아빠도 귀여운 구석이 있으시다니까."

외할아버지가 우리가 갈 때마다 인사만 하고 서재에 들어가셨던 이유를 오늘 처음 알았다. 그러나 외할아버지를 귀엽다고 말하는 엄마의 말에 나는 어떤 표정을 지어야 할지 몰랐다.

"꼭 퍼즐이 아니어도 괜찮아. 너 잘하는 게 뭐야, 수다잖아. 외할아버지 말벗이 되어드리는 것만으로도 충분해. 별다른 말씀은 안 하셔도 웃으면서 이야기를 들으신다는 건 정말 좋아한다는 표현이야. 요즘에는 그런 걸 가리켜 츤데레라고 하지 않니?"

엄마는 내가 외할아버지에게 조금 더 다가가도록 애써주셨다. 그런 엄마의 노력이 조금은 힘이 되었다.

"알겠어요. 저 혼자 다녀올게요. 외할아버지께 어떻게든 허락을 받아볼게요."

나는 큰소리를 쳤다.

"듣던 중 반가운 소리네. 자주자주 가. 안 그래도 외할아버지 혼자 계셔서 늘 신경 쓰였는데. 가서 네 어릴 적 흔적도 찾아보고. 살갑게 좀 해드려."

일단 엄마는 내가 외할아버지를 뵈러 자주 갈 거라는 계획을 굉장히 맘에 들어 하셨다.

'그래. 까짓, 부딪혀 보는 거지 뭐. 벌써부터 주눅 들 거 없어. 일단 외할아버지 댁에 혼자 찾아가는 것부터 시작해 보자! 시작이 반이라고 하잖아.'

목표가 생기니 모처럼 내 몸 안에 세포들이 살아났다.

몽글이도 나를 응원해 주는 양 꼬리를 계속 흔들어댔다.

06

내 친구 차지수

체육 시간이 끝났다. 아이들이 탈의실에서 우르르 나올 때, 뭉치가 느닷없이 외쳤다.

"야, 백수학! 옛날에는 수학을 산수라고 했다며? 그럼, 네 이름은 백산수였겠네? 그런데 그거 생수 이름 아니냐? 크큭. 아, 체육 했더니 목이 마르네. 어디 백산수 없나?"

복도에 울려 퍼진 그 말에 몇몇 애들이 킥킥댔다.

'또 시작이네. 뭉치 녀석. 한때 친했던 정을 생각해 참아준 줄도 모르고. 도대체 언제까지 까불 셈이지?'

나는 변해도 너무 변한 뭉치 녀석이 보기 싫어서 다음 시간 교과서를 찾기 위해 사물함으로 고개를 돌렸다.

"쟤는 공부만 잘하면 다인 줄 아는 게 문제야. 그리고 왜 만날 네 주변을 알짱대는지 모르겠어. 관심을 끌려는 것도 아니고. 암튼 마음에 안 들어. 야, 백수학. 너도 담임한테 말해."

어디선가 나타난 지수가 내 등을 다독이며 말했다. 내 친구 지수는 레고, 프라모델, 큐브 덕후다. 공부만 빼고 온갖 것에 관심이 많다. 덩치는 어찌나 큰지 외모는 나보다 형 같고, 자기가 좋아하는 것에 대해 말할 때는 웬만한 어른을 능가할 만큼 진지하다. 그러다가도 가끔은 툭하면 우는 우리 집 막둥이처럼 자신의 감정을 추스르지 못하기도 한다. 지난번에 새 큐브를 살 돈을 마련하려고 애지중지하던 레고를 중고 거래로 팔 때 어찌나 울던지 달래주느라 힘들었다. 때마침 지나가시던 담임 선생님이 지수의 말을 들으셨는지 말을 거셨다.

"무슨 말이야? 무슨 일 있어?"

담임 선생님은 항상 적극적으로 우리의 어려움을 찾아 해결해 주신다. 하지만 나는 내 문제는 스스로 해결하고 싶었고 아직까지 크게 심각하다고 생각하지 않아서 뭉치의 일을 말씀드린 적은 없었다. 뭉치가 입으로 사고를 쳐서 담임 선생님을 힘들게 하는데 나까지 보태고 싶지는 않았다.

"아뇨. 별일 없어요."

아무 일도 아니라는 표정으로 사물함을 닫고 교실로 들어서려는데 지수가 나섰다.

"쌤! 있잖아요. 재가 자꾸 수학이 이름으로 놀려요."

지수가 뭉치를 가리켰다.

"저런, 그러면 안 되지. 선생님한테 말해 봐."

담임 선생님은 나와 지수를 번갈아 봤다. 지수는 자기 때문에 내가 곤란해질까 싶어 더는 나서지 않았다.

"아니에요. 그냥 장난이에요."

"너희도 잘 알지? 학생부로 오는 일은 모두 장난에서 시작해. 불쾌한 부분을 정확히 말하지 않으면 상대방은 몰라. 그러니 친구가 더는 잘못하지 않게 짚어줄 필요도 있어. 감정의 골이 더 깊어지기 전에 말이야."

문제가 생기면 언제든지 찾아오라는 당부를 남기고 담임 선생님은 교무실로 향하셨다.

"내가 괜히 말했나? 담임쌤은 그렇다 치고 국어 시간에 배운 말로도 놀리는 걸 알면 국어쌤도 뭉치를 가만 안

둘 걸?"

"아니야. 뭐 없는 말도 아니잖아."

지수가 걱정이 되는지 내 눈치를 살폈다. 하지만 내 일이라면 자기 일처럼 나서주는 지수의 진심을 알기에 나도 더는 말을 보태지 않았다. 그대신 외할아버지 댁에 가져갈 퍼즐을 부탁하려고 말을 꺼냈다.

"그건 그렇고. 지수 너한테 부탁이 있어."

"부탁?"

"괜찮은 퍼즐 문제 좀 알려줘. 나도 풀만 한 걸로."

"퍼즐? 시간 낭비라고 안 한다더니?"

지수가 입을 삐죽이며 말했다.

"야, 상식적으로 시험 기간에 퍼즐 풀자고 하는 사람이 어딨냐? 공부하기도 바빠 죽겠는데!"

"넌 시험 기간이 아닐 때만 노래 불러? 항상 귀에 이어폰 꽂고 흥얼거리잖아. 나한테 퍼즐은 노래랑 똑같아. 그냥 일상적인 취미라고. 그게 언제든 시간을 낭비한다고 생각한 적은 없어."

역시 덕후다운 대답이었다.

"하긴, 그렇네. 너무 내 기준에서만 생각했나 봐. 불쾌했다면 미안해."

"아니 뭐, 사과받을 것까지는 아니고."

친구의 취미를 일방적으로 무시한 듯한 느낌이 들어 사과하니 지수가 머쓱한 표정을 지었다.

"아무튼, 내가 퍼즐이 필요한 일이 생겼어."

"퍼즐이 필요한 일이라니?"

지수가 관심을 보였다.

"내가 이름을 바꾸고 싶다고 엄마한테 말했더니 외할아버지한테 허락받으래. 나, 우리 외할아버지랑 완전 어색한 사이거든? 그런데 마침 퍼즐을 좋아하신다는 거야. 그래서 이걸로 좀 친해져 보려고."

나는 퍼즐이 필요한 이유를 설명했다. 지수는 이름을 바꾸겠다는 내 결심을 듣더니 많이 놀란 표정을 지었다.

"헉. 정말로 이름 바꾸려고? 애들이 놀려서?"

"아니야!"

아무리 친한 친구라도 남 탓하는 나약한 아이로 보이는 건 싫었다.

"뭉치가 놀려서 그렇다면 내가 당장 달려가서 한마디 하려고 했는데. 이름을 바꾼다는 게 쉬운 일은 아니잖아.

나도 이름이 불만이기는 하지만 바꿔야겠다고는 생각 못했거든. 수학이 너, 완전 마음 단단히 먹었나보네.”

나는 지수처럼 무난한 이름을 가진 아이에게 무슨 고민이 있는지 궁금했다.

“너도 이름에 불만이 있어?”

“동명이인이 많아도 너무 많아! 지금 우리 반만 하더라고 세 명이잖아. 최지수, 이지수, 그리고 나.”

지수도 맺힌 게 많은 모양이었다. 자기 이름에 대해 할말이 많은 모양인지 외모만큼이나 둥글둥글한 성격을 가진 지수의 목소리가 서서히 커졌다.

“체육쌤은 만날 나랑 최지수를 헷갈려하시고. 영어쌤은 이지수랑 내 성을 매번 바꿔 부르시잖아. 학생에 대한 최소한의 성의가 없어요, 성의가.”

“그건 그래. 그나마 우리 반은 성은 달라서 다행이지, 성까지 같은 경우도 있다던데? 그럴 때는 번호로 부르던가, 아니면 큰 지수와 작은 지수, 아니면 안경 쓴 지수, 안쓴 지수, 이렇게 부른다더라.”

나도 거들었다.

“맞아! 작년엔 나도 그랬어. 이름 앞에 수식어가 없었던 적이 없다니까?"

지수의 이야기를 듣다 보니 김수한무거북이와두루미삼천갑자동방석치치카포사리사리센터워리워리세브리깡무두셀라구름이허리케인에담벼락담벼락에서생원서생원에고양이고양이엔바둑이바둑이엔돌돌이라는 끝도 없는 이름을 읊던 코미디가 떠올랐다. 나도 이름을 바꾸게 된다면 평범하지만 흔하지 않는 이름으로 바꿔야겠다고 생각했다.

"오기가 생기더라고. 그래서 내 이름을 가진 사람 중에서 가장 유명한 사람이 되겠다고 다짐했지. 검색창에 이름을 치면 내가 제일 먼저 나오게 말이야."

나는 눈을 끔벅거렸다. 친구의 말에 초를 칠 생각은 없지만 그냥 이름을 바꾸는 게 더 낫지 않을까? 유명해지려면 그만큼 눈물 흘릴 일도 많은 법이니 말이다. 비장하게 자신의 각오를 말하는 지수의 얼굴 위로 레고를 팔 때 엉엉 울던 모습이 겹쳐 보였다. 어쩌면 지수의 소원이 이뤄질 때까지는 눈물 마를 날이 없을지도 모르겠다.

나는 지수에게 다시 물었다.

"아무튼, 퍼즐 줄 거지?"

"당연하지. 누구의 부탁인데."

흔쾌히 응해준 지수가 고마웠다. 한편으로는 자존심 때문에 뭉치가 놀려서 이름을 바꾸는 게 아니라고 둘러댄 일이 마음에 걸렸다. 지수에게는 솔직하게 말할 걸. 뒤늦게 후회가 밀려왔다. 늘 내 일을 자기 일처럼 생각해 주는 지수와는 달리 나는 솔직하지 못한 것만 같아 괜히 미안한 마음이 들었다. 뭉치가 놀려서 이름을 바꾸려고 했다는 말을 다시 꺼낼지 말지 고민하는데 가슴 깊숙한 곳에서 또 다른 마음의 소리가 들렸다.

'야, 백수학! 너 정말로 뭉치가 놀려서 이름 바꾸고 싶은 거야? 사실은 이름 때문이 아니라 다른 것 때문에 긁힌 거잖아. 아니야?'

마음의 소리는 진짜 이유를 집요하게 따져 물었다. 이름을 바꾸고 싶었던 이유가 아이들의 놀림 때문만은 아닌 걸까? 내가 미처 깨닫지 못하거나 알면서도 드러내기 싫었던 이유가 있는 걸까? 아직은 명확한 답을 할 수 없는 질문이 계속 꼬리에 꼬리를 물며 머릿속을 맴돌았다. 생각을 정리할 시간이 필요했다.

07

마음의 문을 여는 열소, 퍼즐

"드디어 왔군."

나는 외할아버지 댁 대문 앞에 섰다. 늘 엄마를 따라오기만 했지 혼자 온 건 오늘이 처음이다.

"원래 이렇게 컸었나? 아니면 내가 쫄아서 그런 건가?"

도심 속 나지막한 산으로 올라가는 길목에 위치한 외할아버지 댁은 거대해 보였다. 초인종을 누르려는데 저쪽 골목 끝에서 사람들이 불쑥 나타났다. 한 인플루언서가 이 동네 둘레길을 체험한 숏폼이 화제가 되면서 오고 가는 사람들이 많아졌다. 왠지 모를 머쓱함에 나는 벨을 누르려다 말고 한 발 물러섰다.

“아직도 이런 골목이 있네.”

“와! 이 집 담벼락 특이해. 반반 담벼락이네. 벽돌이 모자랐었나?”

등산객들은 붉은색 벽돌과 흙색 벽돌이 반반씩 쌓인 담장과 길가에 내놓은 화분에 관심을 보이며 지나갔다. 옆집 고양이는 귀엽다는 소리를 한두 번 들은 게 아니라는 듯 낯선 사람들의 호감에도 요지부동이었다. 지금 내게는 저 고양이의 멘탈이 필요해 보였다. 사람들이 사라진 후 나는 다시 대문 앞으로 다가갔다.

딩동

문이 열리길 기다리는 동안 나는 외할머니 폴더의 사진을 보며 용기를 충전했다. 이윽고 대문 잠금이 해제되는 소리에 나도 모르게 꿀꺽 침을 삼켰다. 외할아버지는 인터폰 모니터로 나를 보셨는지 누구냐 묻지도 않으시고 바로 문을 열어주셨다. 문득 항상 대문까지 직접 나와서 반겨주셨던 외할머니 생각이 났다.

마당은 예전 그대로인 것 같았다. 시선을 옮기니 마당과 인접한 거실 창문의 대칭 패턴이 눈에 띄었다.

‘예전에도 저런 모양이었나? 아니면 새로 꾸미셨나?’

나는 여기저기 둘러보며 집 안으로 향했다. 현관문이 열리자 외할아버지의 모습이 보였다. 외할아버지를 뵈러 혼자 오는 상황은 처음이라 많이 어색하고 긴장도 되었지만 이름 때문에 겪는 스트레스를 생각하면 이쯤은 견뎌낼 수 있었다.

"혼자 왔니?"

뚝뚝 끊어지는 외할아버지의 말투에 내 마음도 뚝뚝 내려앉았다.

"네 엄마는?"

외할아버지의 시선이 뒤로 향했다. 정말로 내가 올 줄 모르셨나 보다. 솔직히 혼자 알아서 하겠다고는 했지만 적어도 엄마가 아들을 위해 "수학이가 오늘 아버지 뵈러 간대요. 이름을 바꾸고 싶어 하는 것 같아요."라고 귀띔해 주실 거라 기대했었다. 정말로 나 혼자 다 해야 한다고? 내 마음은 또다시 뚝뚝 내려앉았다. 이러다가 땅으로 훅 꺼지는 건 아닐까? 마음이 떨어지지 않게 버티느라 후들거리는 다리와는 달리 혀는 매끄럽게 움직였다. 인간은 사회적 동물이라던데 이럴 때 보면 나는 사회생활을 잘 할 동물인가 보다.

“이제 다 컸는데 혼자 와야죠.”

“무슨 일이 있는 건 아니고?”

갑작스러운 방문에 다른 이유가 있는 건 아닌지 외할아버지가 짧게 물었다.

“네, 별일 없어요. 그냥 외할아버지 적적하실 텐데 자주 놀러오려고요.”

이런 말을 넙죽넙죽하는 나 스스로에게 닭살이 돋았다. 외할머니셨다면 예쁜 말만 한다며 벌써 내 볼을 몇 번을 쓰다듬어 주셨을 텐데.

“네 엄마가 가보라던?”

하지만 외할아버지는 내 애교 따위엔 별 반응이 없으셨다. 이왕 이렇게 된 거 얼굴에 철판을 깔고 수다나 계속 떨어야겠다고 생각했다.

“엄마야 늘 외할아버지 걱정이시죠. 그냥 제가 오고 싶어서 왔어요. 그건 그렇고, 동네가 인기가 많아졌나 봐요. 등산하는 사람들이 많아요.”

나는 자연스럽게 동네 이야기로 화제를 돌렸다.

‘좋아, 잘하고 있어.’

난 속으로 내 자신에게 용기를 줬다. 외할머니가 계셨

다면 내 말 하나하나에 반응을 해주셨겠지만 나의 계속
되는 수다에도 외할아버지는 특별한 반응은 없으셨다.
그리고는 어디선가 쟁반을 가져와 내게 넘겨주셨다.

"옜다."

엉겁결에 받아 든 쟁반 위에는 과자와 콜라가 있었다.
솜씨 좋은 외할머니가 직접 만들어 주셨던 화려한 음식들
은 아니지만 외할아버지 나름대로의 웰컴 푸드란 걸 알 수
있었다. 문득 외할아버지를 가리켜 츤데레 스타일이라고
했던 엄마의 말이 떠올랐다. 이것이 외할아버지 식 환대라
생각하니 무덤덤한 표정 뒤에 숨은 따뜻함이 느껴졌다. 나
혼자 쌓아 올렸던 마음의 방어벽이 스르르 무너졌다.

"수학이 너도 공부하느라 바쁘지 않니."

그러고 보니 예전에는 주로 외할머니가 손님을 응대했
었다. 무턱대고 찾아온 손주가 당혹스럽기는 외할아버지
도 마찬가지일 거란 생각이 들었다. 그래서 나는 앞으로
계속 찾아오겠다는 암시를 드렸다.

"시험 기간 때만 아니면 시간을 낼 수 있어요. 너무 자
주 온다고 싫어하지 마세요."

"싫어하긴 왜 싫어해."

외할아버지는 그 말씀만 짧게 하셨다. 외할머니와 대화를 나눌 때는 느낀 적 없던 소리의 공백이 드문드문 이어졌다. 나는 외할아버지와의 대화의 끈을 계속 이어가기 위해 노력했다.

"참! 엄마가 그러는데요. 제가 어릴 때 외할머니하고 외할아버지하고 퍼즐을 풀고 놀았다면서요? 그 책들이 아직 있을 테니 찾아보라고 했어요. 정리해야 하는데 아직도 버리지 못했다고요."

내 말에 외할아버지가 손사래를 쳤다.

"버리긴. 네 외할머니가 얼마나 아끼던 건데."

"어디 있어요? 보고 싶어요."

나의 부탁에 외할아버지는 서재에서 책 꾸러미와 앨범을 들고 나와 내 앞에 놓아 주셨다. 옆으로 쏟아진 책 꾸러미 사이로 유아 퍼즐, 두뇌 개발과 같은 책 제목이 보였다.

"서재에 더 있으니 보고 싶으면 말하렴. 하나는 네 외할머니가 너 올 때마다 찍은 사진에 메모를 해둔 앨범이란다. 요즘 사람들은 사진을 찍고 다 어디에 두는지는 모르겠다만, 옛날에는 이렇게 사진을 뽑아서 앨범에 넣어 두었지."

앨범에는 우리 집에도 없는 내 어릴 적 흔적들이 잔뜩 담겨 있었다. 유아 퍼즐 책에는 막둥이 못지않은 비뚤배뚤한 글씨로 무언가를 쓴 흔적이 남아있었다.

"솔직히 말하면 기억이 안 나요."

나는 앨범을 한 장 한 장 넘기며 구경했다. 몇몇은 눈에 익은 것 같기도 했다. 하지만 이야기를 들어서 익숙한 건지 사진을 보자 떠오른 기억인지 헷갈렸다. 앨범의 마지막 장을 넘기고 고개를 드니 창문으로 들어오는 햇빛을 정면으로 받은 외할아버지의 얼굴이 보였다. 하얀 눈썹과 깊은 주름, 회색 동공. 예전에 비해 기세가 많이 누그러져 보였다. 외할머니의 빈자리만 바라보느라 외할아버지의 변화를 알아차리지 못했다. 그 모습에 무언가 설명할 수 없는 아련함이 올라왔다. 나는 허무맹랑한 약속일지라도 외할아버지께 기운을 드리는 말을 하고 싶었다.

"외할아버지, 제가 나중에 돈 많이 벌면 외할아버지 갖고 싶은 거 다 사드릴게요."

"그렇다면 내가 오래 살아야겠구나."

외할아버지도 내 허풍이 싫지 않은 표정이셨다.

"아참! 외할아버지, 제가 오늘 뭘 갖고 왔게요? 엄마가 외할아버지 퍼즐 좋아한다고 해서 간단한 퍼즐 하나를 준비했어요."

나는 지수가 알려준 사이트에서 출력한 퍼즐 문제를 가방에서 꺼냈다.

1-19 까지의 수를 한 번씩 사용하여 각 줄의 합이 38이 되도록 육각형 퍼즐을 완성하시오.

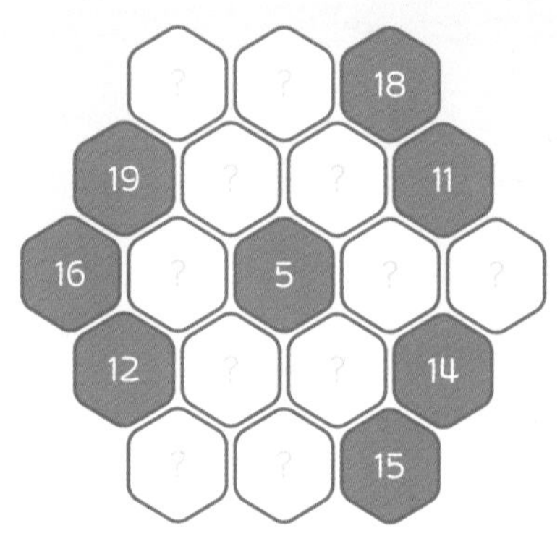

"허허. 이런 선물이면 언제나 환영이지."

외할아버지의 얼굴에 생기가 돌았다. 나는 머리를 긁적이며 말을 이었다.

“너무 쉬워서 재미없으면 어쩌나 걱정되요.”

“재미없는 퍼즐은 없단다.”

외할아버지는 퍼즐을 살펴보셨다.

“어디 보자, 이건 육각형 숫자 퍼즐이구나. 예전에 너희 외할머니와 누가 먼저 푸는지 내기하고는 했었지. 물론 내가 이겼고 말이야.”

외할머니에 대해 말씀하시는 외할아버지의 얼굴이 들뜬 아이처럼 상기되어 있었다.

“어, 지금 그 말씀! 외할머니도 동의하실까요?”

나는 익살스러운 표정을 지으며 말했다. 엄마는 외할아버지가 늘 외할머니를 이기려고 애쓰시는 모습이 의외로 귀엽다고 하셨는데, 그 말씀을 조금은 이해할 수 있었다.

“저도 같이 풀어요.”

외할아버지와 마주 앉아 체스를 두듯 주거니 받거니 하며 빈칸에 숫자를 하나씩 채워갔다.

“퍼즐은 균형 감각이 중요하지. 하나의 숫자만 틀어져도 전체가 흔들리니 수와 위치, 양쪽을 모두 봐야 한단다. 인생도 그렇지만 말이야.”

외할아버지는 퍼즐을 푸는 간간이 덕담도 해주셨다. 나

는 외할아버지 말씀에 공감했다. 나 또한 지금 이름 덕분에 상황이 틀어지면서 내 정체성 전체가 흔들리고 있기 때문이다. 퍼즐을 풀다가 경우의 수를 여러 개 생각해야 할 때는 상대의 순서로 넘어가는 속도가 늦어지며 대화가 잠깐 줄기도 했다. 그러나 처음처럼 어색한 침묵은 아니었다. 굳이 말을 하지 않아도 서로를 충분히 이해할 수 있었다.

"자, 거의 다 채웠구나. 나머지는 수학이 네가 완성해 볼 테냐?"

외할아버지의 말씀에 나는 나머지를 채워 퍼즐을 완성했다. 마지막 숫자가 딱 맞아떨어졌을 때, 외할아버지와의 거리도 줄어든 느낌이었다.

"이거 맞죠?"

이 기분을 어떻게 표현해야 할까? 사실 퍼즐을 못 풀면 오히려 역효과가 날지도 모른다는 걱정도 앞섰다. 하지만 막상 이렇게 끝까지 풀고 나니 쓰지 않았던 근육을 움직였을 때처럼 온몸에 묘한 성취감이 자르르 퍼져나갔다. 아주 오랜만에 하는 퍼즐 덕분에 잠자던 뇌가 깨어난 듯한 느낌도 들었다. 퍼즐의 답을 찾았듯 나도 제대로 된 이름을 찾게 된다면 균형 잡힌 육각형처럼 정체성이 제대로 자리잡을 수 있을지 모른다.

"수학이가 많이 컸구나."

외할아버지가 좋아하시는 모습을 보니 퍼즐로 환심을 사려는 내 작전이 제대로 적중한 것 같았다.

"어릴 적 실력은 여전한 걸."

무뚝뚝한 외할아버지의 칭찬에 기분이 좋아졌다. 하지만 칭찬을 받았다고 해서 시험을 볼 때마다 뚝뚝 떨어진 점수를 보고 움츠러든 자신감까지 회복되지는 않았다. 오히려 과거의 나를 기억하고 계신 외할아버지께 지금의 내 실력을 속이는 것 같았다.

"제 처참한 수학 성적을 보시면 아마 깜짝 놀라실걸요? 퍼즐을 잘 푼다고 해서 성적이 좋은 건 아니에요. 이런 건 시험에 나오지도 않으니까요."

나는 현재 내 실력을 솔직하게 말씀드렸다. 공부를 잘하는 손자의 모습을 보여드렸어야 했는데, 말하면서 부끄러웠다. 부모님의 기대에 부응하지 못한 일이 더 죄송했다고 말하던 엄마의 마음을 이해할 수 있었다. 외할아버지는 갑자기 침울해진 나를 의아하게 보시더니 뭐라 말씀하시려다 말았다. 무뚝뚝한 표정은 여전했지만 그 깊은 눈빛은 괜찮다고 위로해 주시는 듯 보였다.

"자주 찾아뵈도 되죠? 다음에도 같이 퍼즐 풀어요."

외할아버지와의 만남은 시작이 좋았다. 나도 몰랐던 옛 추억도 알게 되었고 오랫동안 쓰지 않던 뇌 근육도 되살렸다. 이대로 계속 하다 보면 외할아버지와의 교감도 깊어질 테고, 그렇게 되면 개명도 쉽게 허락받을 수 있을 거라는 기대감이 생겼다.

08

뭉치 VS 지수

점심시간을 알리는 종이 울리자마자 아이들은 일제히 쏟아져 나왔다. 덕분에 학교 복도는 밀림 같았다. 뭉치는 같은 학원을 다니는 아이들 무리와 복도 모퉁이에 진을 치고 있었다. 그 사이로 못 보던 얼굴이 보였다. 그 옆을 지나려는 찰나 뭉치의 말이 들렸다.

"수학, 뷁이야, 난 왜 이리 수학이 싫으냐!"

나 들으라고 목소리를 일부러 크게 내는 게 분명했다.

"나도 과목 중에서 수학이 제일 싫어. 수학, 뷁!"

뭉치와 자주 다니던 녀석들도 깐죽이는 걸 뭉치에게서 배웠는지 같이 거들었다. 자기 말에 반응하면 더 재미있어하는 녀석이니 못 들은 척 교실로 들어가려는데 뭉치가 내 앞을 가로막았다.

“백수학. 오해할까 봐 말하는데 오늘은 너 이름 가지고 놀린 거 아니다. 수학 공부가 하도 힘들어서 싫다고 한 거니까 또 담임한테 가서 이르지 마. 이 비겁한 자식아.”

이제야 뭉치의 행동이 이해가 됐다. 지난번에 지수가 담임 선생님께 말한 탓에 뭉치 녀석은 지도를 받았다. 지금 그 일로 내게 분풀이를 하고 있는 것이다. 오늘은 나도 가만히 있지 않았다.

“비겁하다고? 적반하장도 유분수 아니냐? 옛정 생각해서 참는 데도 한계가 있어.”

“옛정이 있긴 하냐? 요즘은 거의 날 무시했잖아. 내가 말을 걸어도 반응도 안 보이면서.”

뭉치도 발끈해서 따져 물었다.

“말을 말자. 비켜.”

더한 충돌이 싫어 피했더니 이를 무시한 걸로 오해할 줄이야. 어이가 없었다. 더 말하고 싶지 않아 지나가려고 했지만 뭉치는 꿈쩍도 하지 않았다.

“내가 수학 백이라고 부르거나 수학 100점이냐고 물어본 건 초등학교 때부터 아니야? 그게 싫었다면 처음부터 말했어야지. 이제 와서 왜 유난을 떠는 건데?”

방귀 뀐 놈이 성을 낸다고 뭉치는 물러서기는 커녕 오히려 당당한 모습으로 나에게 따졌다.

“한 가지만 하라고! 옛날에는 웃어 넘기더니 요즘은 왜 그렇게 유난이야? 왜 나만 못된 놈 만드냐고!”

뭉치가 고래고래 소리를 질렀다. 예전에는 이 정도까지는 아니었는데 공부 스트레스가 더욱 심해진 건지 뭉치도 점점 더 괴상하게 변해가는 것 같다. 하지만 나도 더는 참을 수 없어 같이 목소리를 높였다.

“그건!”

“그래. 그건 뭐!”

“그건! 그건! 그러니까, 그건!”

머릿속에 떠오른 이유를 차마 솔직하게 말할 수 없었다. 그때 언제부터 지켜본 건지 뒤에서 지수가 나타나 말문이 막힌 나와 뭉치 사이에 끼어들었다.

“야. 그건 내가 이른 거야.”

“넌 뭔데 자꾸 끼어드냐?”

덩치 큰 지수가 앞을 막아서니 내 시야에서 뭉치가 사

라졌다. 나는 지수의 등을 쳐다보고 두 사람의 대화를 들을 수밖에 없었다.

"내가 한두 번 본 줄 알아? 야비하게 말 돌리지 말고 그만해. 말이 나온 김에 나도 좀 묻자. 넌 왜 늘 수학이 주변만 맴도냐? 그리고 수학이 이름은 네가 말하는 그 수학이 아닌 거 몰라? 지난번 한문 시간에 이름 뜻 발표할 때 수학이가 말했는데, 기억 안 나냐? 애초에 뜻이 다르다고. 네가 말하는 수학은 셈 수, 배울 학, 그러니까 mathematics이고 수학이 이름은 닦을 수, 배울 학이야. 뭐 수학 시간만 빼고 다른 수업 시간에 딴짓하니 못 들었나 본데, 무식한 거 티 내지 말고 그만 가라. 그리고 백번 양보해서 네 말대로 네가 그때나 지금이나 똑같이 장난을 치고 있다고 하자. 그 장난을 당하는 사람의 상황에 따라 기분이 달라질 수 있잖아. 그걸 네가 왜 결정하는 건데? 이제 그만해. 한 번 더 이러면 나도 담임 선생님한테 제대로 말씀드릴 거니까."

"별것도 아닌 걸로, 참나."

지수의 말을 들으니 내 속이 다 시원했다. 지수의 몸에 가려 뭉치의 얼굴이 보이진 않았지만 목소리만으로 뭉치가 잔뜩 주눅들어 있다는 사실이 느껴졌다. 게다가 이미 지도가 많이 쌓인 상황에서 하나 더 추가되는 것이 부담 스러운지 뭉치는 생각보다 꼬리를 빨리 내리고는 함께 있던 아이들 무리를 향해 걸어갔다. 지수도 몸을 돌려 내 옆에 나란히 섰다. 막둥이가 날 보면 이런 느낌일까? 지수가 마치 형처럼 든든하게 느껴졌다. 지수의 이미지는 레고를 팔 때 울고불고하던 모습에서 지금 이 장면으로 업데이트되었다.

"괜찮아?"

지수의 질문에 나는 어깨를 으쓱이며 대답했다.

"괜찮은 척하는 중이야. 고마워."

"난 저런 캐릭터 진짜 마음에 안 들어. 공부만 잘하면 뭐 하냐? 인성이 꽝인데. 입만 살아가지고. 담임도 쟤가 벌인 일로 골치 꽤나 아프신 모양이더라고."

지수는 뭉치를 싫어했다. 멀어져 가는 뭉치를 바라보며 내가 말했다.

"초등학교 때는 저 정도까지는 아니었어. 그때는 수학 공부도 같이 하고 사이도 좋았는데. 안타까워."

"넌 그래도 여전히 뭉치를 이해하고 싶나보다?"

지수는 나를 도무지 이해할 수 없다는 눈빛을 보냈다.

“왜 저렇게 되었는지 알 만도 해서 그래. 뭉치네 부모님이 성적으로 엄청 압박하신대. 나라면 못 참을 거 같더라. 어딘가에 풀어내야 쟤도 살 거야.”

“남을 괴롭히면서 자기 스트레스를 푼다고? 그건 잘못된 거야. 이해할 걸 이해해라. 착한 것과 사람을 대하는 기준이 없는 건 달라. 너는 뭉치를 이해해서라고 하지만 쟤 방식이 옳지 않은 것은 알려줘야 해.”

“그래. 네 말이 맞아. 내가 그 점을 놓친 거 같긴 해. 그런데 내 이해심도 바닥이 드러났어. 그래서 아까 그렇게 말한 거야.”

정색하던 지수도 내 말을 듣더니 고개를 끄덕였다.

“근데 저기, 뭉치 옆에 못 보던 애는 누구야?”

“전학생인데 공부 잘 한대. 수학 영재라는 소문도 있고. 평범한 우리랑 비교하면 사고의 체계 자체가 다르다더라. 아빠도 수학 교수래.”

내 질문에 온갖 것에 관심이 많은 지수가 대답했다.

“그런 애가 왜 뭉치랑 어울리는 거야? 분위기가 좀 다른 거 같은데.”

뭉치 무리 속에 있던 낯선 아이는 함께 있던 아이들이 나를 놀리는 모습을 보고 많이 당황하는 눈치였다. 그 아이는 분명 나에게 눈으로 미안하다고 했다.

"아마 학원에서 같은 상위권 반일걸? 학원에서 먼저 알고 지내다가 우리 학교로 전학 오게 되니 같이 다니는 거지. 얼마 전에 화장실에서 봤는데 뭉치가 친구들하고 전학생 환영한다고 엄청 띄워 주더라고. 아마 전학생이 잘 모를 때 자기 무리로 만들려는 거 아니었을까?"

지수는 말끝에 자신의 추측을 덧붙였다. 잠깐 스쳤을 뿐이지만 나는 그 아이가 왠지 마음에 걸렸다.

"그 아이가 선택할 문제지."

"그런데 너 아까 왜 아무 말도 못 했냐? 속 시원하게 그냥 쏘아붙이지."

지난번에도 느꼈지만 가장 친한 친구에게 솔직하지 못했다는 사실은 여전히 마음에 걸렸다. 이렇게나 나를 위해주는 친구에게 숨길 말도 없다고 생각했지만, 쉽게 입이 떨어지지 않았다.

"그게 말이야. 네가 들으면 실망할거야."

"우리 사이에 무슨 실망? 농담하지 말고 말해봐. 도대체 뭐 때문이야?"

지수의 재촉에 나는 시선을 내리고 대답했다.

"사실은 나 때문이야."

"너 때문이라니? 뜬금없이 무슨 소리야?"

이해할 수 없을 때만 나타나는 일그러진 눈썹이 지수 얼굴에 그려졌다.

"지난번에 이름 바꾸려는 거 뭉치 때문이 아니라고 했 잖아. 반은 맞고 반은 틀려."

"난 또 뭐라고."

나는 차마 털어놓지 못했던 속마음을 드러냈다. 하지 만 지수는 대수롭지 않게 여기는 듯했다.

"뭉치 때문이기도 하지만 나 때문이기도 해. 솔직히 수 학 성적이 좋을 때는 뭉치가 놀려도 아무런 타격이 없었 어. 그런데 성적이 떨어지니 자신감도 떨어져서 걔가 내 이름을 장난치는 게 견딜 수가 없었어. 나 너무 못났지?"

엄마에게조차도 말하기 쉽지 않은, 나만 알고 있는 내 진짜 속마음을 처음으로 드러냈다.

초등학생 시절에는 특별한 노력을 안 해도 남들보다 수학 시험 결과가 좋았다. 그때는 내가 영재인 줄 알았다.

모두가 어려워하는 문제도 끝까지 물고 늘어질 만큼 승부욕도 있었고 수학 실력에 대한 자부심이 컸다. 뛰어난 수학 실력과 내 이름이 만들어 낸 시너지로 인해 수학은 나의 시그니처가 되었다. 그때도 뭉치를 비롯한 친구들이 내 이름으로 다양하게 놀렸던 기억이 난다. 하지만 그저 질투하는 거라 생각했기에 나의 멘탈까지 흔들지는 못했다. 그래서 백수학이라는 내 이름에 전혀 불만이 없었다. 가족들로부터 공부하라는 압박을 크게 받는 뭉치의 투정마저 너그럽게 이해해 줄 아량도 있었다.

그런데 중학교에 들어와서는 사정이 달라졌다. 수학 성적이 조금씩 떨어지더니 아무리 노력해도 90점을 겨우 턱걸이했다. 그마저도 오래가지 않았다. 성적은 롤러코스터를 타듯 요동을 쳤다. 백수학, 하면 떠오르는 수학 100점이라는 이미지는 사라진 지 오래였다.

내 시그니처라 생각했던 수학 성적이 떨어지니 뭉치와 친구들의 놀림에 더 크게 위축이 됐다. 겉으로는 내 이름으로 장난치는 뭉치 때문에 속상한 것처럼 보였지만 그 속을 파고 들어가면 나를 가장 움츠러들게 한 건 나 자신이었다. 수학에 대한 자신감이 떨어지면서 그 장난들을 견딜 수 없게 된 거다. 다만 그 사실을 나도 깨닫지 못하고 있었을 뿐이다.

그간의 심정을 지수라는 대나무숲에 외치고 나니 묵은 체중이 내려간 듯 후련했다. 하지만 그와 동시에 친구 앞이라도 내 밑바닥을 보인 것 같아 부끄러웠다. 나는 지수의 눈을 똑바로 쳐다보지 못하고 숨을 골랐다.

"그러니까 정리하자면 네가 수학 성적이 떨어지면서 자신감이 떨어졌다. 그래서 스스로 이름값 못한다는 자책하게 되었다. 그때부터 그냥 넘어갔던 장난이나 놀림들을 견딜 수 없게 되어서 개명까지 생각하게 되었다?"

지수는 내 장황한 말을 이해한 대로 되뇌었다. 그리고는 눈을 껌뻑거리며 뭔가를 생각하다 심드렁하게 말문을 열었다.

"수학을 잘하는 게 뭔데?"

"수학 잘하는 거? 시험을 잘 보는 거지."

나는 평소 내가 갖고 있는 생각을 말했다.

"수학이 너는 나보다 시험 잘 보잖아. 학원에서도 나보다 높은 반이고."

지수가 그렇게 말하니 딱히 할 말이 없었다. 지수의 단순한 질문 하나로 수학을 잘하는 것은 시험을 잘 보는 것이란 내 생각은 모순이 되었다.

"일단 남들과 비교해서 성적이 좋으면 수학을 잘한다고 생각하는 거야?"

지수가 재차 물었다. 지수의 연이은 질문에 뇌가 과부하가 걸렸는지 말문이 막혔다.

"네 기준대로라면 나는 수학을 못 하는 사람이야. 그런데 나는 수학에 대한 자신감이 떨어지지도 않았고 수학을 싫어하지도 않아. 그리고 수학의 장르는 다양하잖아? 나는 거기에 따라 수학을 잘한다는 의미도 달라진다고 생각해. 그래서 수학을 꼭 시험 점수로만 판단할 필요가 없다고 봐.

너도 알다시피 나는 퍼즐을 좋아해. 시험 기간에도 퍼즐에 빠져있어서 네가 어이없어할 만큼 말이야. 그렇지만 나는 퍼즐을 푸는 과정도 어떤 면에서는 수학이라고 생각해. 그래서 수학이 재미있어. 시험 성적이야 내가 조금만 더 집중하면 충분히 끌어올릴 수 있으니까. 물론 내가 이렇게 말하면 우리 엄마는 입만 살아서 말은 잘한다고 하더라. 도대체 언제까지 즐기기만 할 거냐고."

나는 늘 지수가 퍼즐을 제외하면 나보다 수학도 못 하고 철이 없다고 생각했다. 하지만 지수는 속을 끓이는 나를 대신해 뭉치에게 속시원하게 말할 수 있는 용기를 지녔고 감성에 치우쳐 생각하는 편인 내가 미처 보지 못하는 지점을 일깨워 주기도 한다. 겉보기는 차가워 보여도 사실은 체격도 내면도 나보다 훨씬 성숙한, 누구보다 나를 위해주는 소중한 친구다.

"퍼즐 주려고 왔다가 갑자기 엉뚱하게 심각한 말만 하네. 내가 친구 하나 잘 둔 덕에 뜬금없이 수학이 뭔지 묻게 되다니, 어이가 없다! 자, 퍼즐이나 받아."

지수가 퍼즐을 건네자 수업 시작을 알리는 종이 쳤다. 하지만 나는 지수가 던진 질문에 여전히 출력값을 내지 못한 채 로딩 중이었다. 과연 수학을 잘한다는 건 무엇일까? 그 질문에 대한 답을 찾을 수 있을까? 왜 이름 때문에 위축되었는지 그 원인을 찾는 과정에서 나는 새로운 질문을 맞닥뜨렸다. 이 질문들은 나에게 던져진 퀘스트 같았다. 새록새록 던져지는 질문에 대한 답을 하나씩 찾다 보면 내가 시작한 개명이라는 퍼즐을 잘 완성할 수 있을까?

3장

이름값과 수학의 관계

09

새로운 질문의 등장

개명을 결심하게 된 그 과정에서 하나의 답을 얻으니 다시 하나의 새로운 질문이 내 앞에 나타났다. 도대체 수학을 잘한다는 건 무엇일까? 나는 줄곧 시험을 잘 보는 것이 수학을 잘한다는 것이라 생각했었다. 그러나 지수의 생각은 달랐다. 지수는 퍼즐을 잘하는 것이 수학을 잘하는 것과 똑같다고 생각했다. 가장 친한 친구도 나와 의견이 다른 걸 보면 결국 수학의 정의는 사람마다 다르지 않을까? 엄마가 내 이름이 그렇게 스트레스를 받을 정도는 아니라고 한 것도 어쩌면 엄마가 생각한 수학의 의미는 나와 달라서였을지도 모른다. 나는 엄마가 나를 이해하지 못한다고 투정부렸는데, 나 역시 엄마를 이해하지 못한 셈이었다.

내가 이름 때문에 스트레스를 받았던 건 결국 수학을 수학시험이라는 편협한 시각에서 바라본 탓일 수 있다. 그렇게 생각하니 나는 그동안 좁은 생각의 틀에 갇혀 어린애처럼 투정만 부리고 있었을지 모른다는 의구심이 들었다. 혼자 세상 고민을 다 짊어진 철학자인 척했지만 결국 나는 엄마가 골라준 옷을 입기 싫다고 투덜대던 막둥이와 다를 바 없었던 셈이다.

수학은 무엇일까? 이 질문의 답은 과연 무엇일까? 내가 너무 심각하게 생각하고 있지는 않을까? 다른 사람의 눈에는 별것 아닌 일에도 속절없이 흔들리는 이유는 내가 INFP여서일까? 아니면 질풍노도의 사춘기라 그럴까? 사춘기를 건너뛰고 바로 어른이 될 수는 없을까? 이러저런 생각에 뒤척이던 그때 방문이 빼꼼히 열렸다. 호시탐탐 나와 놀고 싶어 하는 막둥이가 종이를 한 장 앞세우고 들어왔다.

"오빠! 이거 봐!"

종이에는 삐뚤빼뚤하게 '백'이라고 쓰여 있었다. 지난

번에 비하면 이번에는 그래도 무슨 글자인지 알아볼 수는 있었다.

"오 맞아! 막둥이 제법인데?"

막둥이는 내 칭찬이 좋은지 폴짝폴짝 뛰었다. 지난번에 엉망진창으로 쓴 이름은 혼란스러운 내 심정을 나타내는 듯했는데 이번에 제대로 쓴 한 글자는 하나하나 답을 찾아가는 내 모습처럼 보였다. 그리고 이름 때문에 방황하는 내게 보내는 응원처럼 느껴지기도 했다. 하루가 다르게 성장하는 막둥이의 쓰기 실력만큼 나도 새로운 질문들에 대한 답을 빨리 찾았으면 좋겠다.

"자! 그럼 다음은 '수' 자를 익혀볼까?"

나는 침대에서 벌떡 일어나 막둥이에게 '수' 자를 알려 주었다. 내가 제대로 가르치는지 옆에서 몽글이도 지켜봤다. 하지만 막둥이는 획순대로 글씨를 쓰지 않고 내가 쓴 글자를 그대로 따라 그리는 모양새였다.

'질문에 답을 빨리 찾는 건 좀 어렵겠어.'

막둥이가 내 이름을 제대로 쓰려면 시간이 조금 더 필요해 보이는 것처럼 말이다. 하지만 막둥이가 내 이름을 제대로 쓰려고 노력하는 만큼 나도 내 이름의 의미에 대한 답을 계속 찾아가 봐야겠다는 생각이 들었다. 해답을 찾고 나면 어떤 이름이든 흔들리지 않고 제대로 서 있는 사람이 될 수 있으리라는 희망이 생겼다.

10

외할머니의 수첩

큰 정사각형의 한 꼭짓점이 작은 정사각형의 중심점에 놓여있다. 이때 두 정사각형이 겹쳐진 부분의 면적은 큰 정사각형 넓이의 $\frac{1}{18}$이다. 큰 정사각형과 작은 정사각형의 변의 비는 얼마일까?

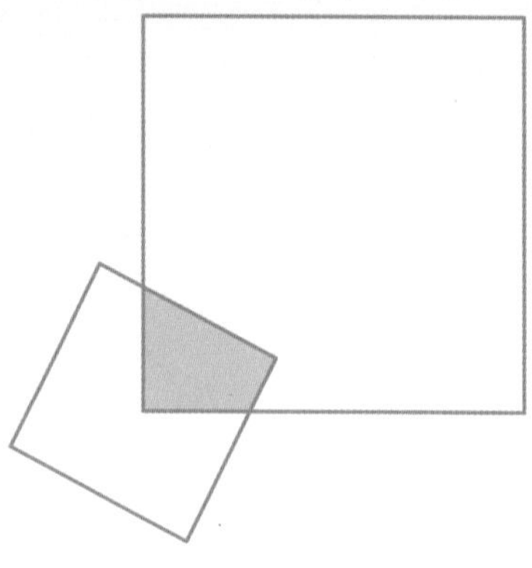

“어디 보자! 이번엔 도형 퍼즐이구나!”

오늘도 외할아버지와 나는 지수가 준 퍼즐을 가운데 두고 마주 보며 앉았다. 퍼즐 모양은 마치 머리를 맞대고 앉은 외할아버지와 내 모습 같았다.

“감이 쉽게 오질 않는데요?”

그동안 공식을 적용해 도형의 넓이를 구했던 나로서는 이렇게 제멋대로 생긴 도형의 넓이를 어떻게 구해야 할지 막막했다.

‘이럴 줄 알았으면 답을 미리 알려달라고 할 걸.’

문제를 들여다보는 시간에 비례해 포기하려는 마음도 커져갈 때쯤 외할아버지께서 질문하셨다.

“이 퍼즐은 작은 정사각형이 답을 쥐고 있단다. 작은 정사각형에서 칠해진 부분이 차지하는 넓이가 어느 정도인 것 같으냐?”

내 시선이 작은 정사각형으로 향했다. 칠해진 영역은 내가 이제껏 넓이를 계산했던 직사각형도 아니고 평행사변형이나 마름모도 아니었다. 내가 답을 금방 하지 못하고 머뭇거리고 있으니 외할아버지께서 다시 물으셨다.

“작은 정사각형의 중점을 찾을 수 있겠니?”

"그건 쉽죠. 정사각형에 대각선을 그으면 되잖아요."

나는 들고 있던 연필로 작은 정사각형에 대각선을 그렸다. 두 대각선을 긋자 신기하게도 칠해진 부분이 작은 정사각형 넓이의 $\frac{1}{4}$임이 한눈에 들어왔다. 어떻게 풀어야 할지 감이 잡히지 않을 때는 내 키를 한참 넘는 벽에 가로막힌 기분이었는데 선을 그으니 벽 너머가 보이는 듯했다. 외할아버지는 나에게 계속 질문을 하셨다.

"그렇지. 그렇다면 빗금 친 부분의 넓이는 두 정사각형과 어떤 관계가 있을까?"

"작은 정사각형의 $\frac{1}{4}$에 해당하는 넓이는 큰 정사각형의 $\frac{1}{18}$과 같아요. 그렇다면 큰 정사각형과 작은 정사각형의 넓이의 비는 9:2가 되는군요."

외할아버지의 질문은 벽을 넘을 수 있게 하나씩 놓여지는 발판 같았다. 퍼즐을 뚫어져라 바라보며 문제를 풀던 나는 고개를 번쩍 들어 외할아버지를 향해 미소를 지었다. 외할아버지는 기특하다는 눈으로 나를 보고 계셨다.

"다 풀었어요."

나는 연필을 잡고 퍼즐에 답을 적었다. 앞으로 지수에게 조금 더 어려운 퍼즐을 달라고 해야 하나? 성공 경험이 쌓이니 메말랐던 도전 의식이 조금씩 차오르기 시작했다. 백수학, 아직 죽지 않았네. 오랜만에 나 자신을 칭찬했다.

이러한 퍼즐을 풀어가는 과정은 삶의 문제를 해결해 가는 과정과 비슷하다는 생각이 들었다. 어려움을 마주한 순간 우리는 어떻게 행동할까? 그 상황을 역전시킬 수 있는 방법을 찾기도 전에 포기하거나 해답부터 찾아보려는 사람이 있는가 하면 온전히 자기 힘으로 해결하기 위해 노력하는 사람도 있다. 오늘 나는 외할아버지의 적절한 도움이 있었기에 포기하지 않고 끝까지 문제를 풀었다. 그리고 정답을 찾았을 때는 엄청난 쾌감까지 느껴졌다. 앞으로 이번 퍼즐을 풀었던 경험을 되새기며 개명 퍼즐의 열쇠를 찾기 위해 더욱 부지런히 움직여야겠다고 다짐했다.

"이 문제는 큰 정사각형의 변이 작은 정사각형 변의 어느 지점을 지나는지 알려주고 칠해진 영역의 면적을 구하는 퍼즐로 변형할 수도 있단다."

"우와! 이 퍼즐, 지수에게도 알려줘야겠어요."

외할아버지는 그 자리에서 지수가 준 문제를 변형하여 새로운 퍼즐을 만드셨다. 나는 지수가 준 퍼즐 종이 뒤에 외할아버지께서 만드신 퍼즐을 옮겨 적고 풀이에 다시 집중했다. 수학을 공부할 때는 이미 알고 있는 사실이나 문제가 다른 문제를 푸는 데 도움이 된다. 그래서 이미 비슷한 유형의 퍼즐을 푼 덕분에 할아버지의 퍼즐도 무난히 해결할 수 있었다. 어떤 면에서는 퍼즐 문제를 푸는 과정 또한 수학이라는 지수의 말이 어렴풋이 이해가 갔다. 수학은 학교 시험을 보기 위한 과목에 불과하다고 여겼던 내 좁은 생각은 점점 더 그 경계가 확장되었다.

"수학이 어릴 적 실력이 다시 나오는 것 아니냐?"

어릴 때 퍼즐을 해봤자 뭐 얼마나 했을까 싶은데 외할아버지는 지난번도 그렇고 이번에도 그렇고 나의 기를 살려 주시기 위해 칭찬을 아끼지 않으셨다. 성공의 횟수가 늘어서인가? 괜한 자격지심으로 외할아버지의 칭찬에 민감하게 각을 세웠던 지난번과는 달리 기분이 좋았다.

퍼즐을 풀던 자리를 정리하고 일어서는데 문득 거실 풍경이 눈에 들어왔다. 가지런히 놓여있는 물건들은 사람의 손길이 닿은 지 오래된 느낌이었다. 아마도 외할머니께서 돌아가신 이후로 외할아버지 혼자 지내시다 보니 그런 것 같기도 했다. 나 역시도 개명 때문이 아니었다면 찾아뵐 생각도 하지 않았을 것이다. 외할아버지께서 혼자 적적하게 지내셨을 생각을 하니 가슴 한켠이 쓰라렸다. 앞으로는 개명과 상관없이 외할아버지 댁에 꾸준히 와야 겠다고 생각했다.

"외할아버지, 요즘 뭐 하고 지내세요?"

"나 말이냐? 요즘은 네 외할머니 글을 정리하고 있지. 젊었을 적에 쓴 글은 모아 수필집을 냈었지. 그런데 나머지 글들도 그냥 두기에는 아까워서 말이야. 네 외할머니가 세상을 떠나기 전에 해줬어야 했는데."

외할아버지가 천천히 말씀하셨다.

"우와, 정말요? 엄마도 너무 좋아할 것 같아요."

내가 핸드폰에 저장한 외할머니와의 추억이 담긴 사진을 꺼내보듯 엄마도 외할머니가 그리울 때면 우리 집 거실 책장에 꽂혀있는 외할머니 수필집을 꺼내보신다. 언젠가 자다가 화장실을 가고 싶어서 깼는데 엄마가 할머니 수필집을 읽으며 울고 계시는 모습을 보았다. 엄마도 혼자만의 시간이 필요한 것 같아 모르는 척을 했다. 외할머니의 다른 글도 볼 수 있다면 나는 물론 엄마에게도 큰 선물이 될 거다.

"네 외할머니는 원래 호기심이 많아 무언가 배우기를

좋아했지. 고백하자면 퍼즐도 나보다 훨씬 잘했단다. 내가 질투가 나서 이기려고 반칙도 많이 했는데 말이야, 하하. 내가 져서 삐져있는 날이면 기분을 풀어주려고 재미있는 문제도 내주고. 이 세상 어느 누구보다도 쿵짝이 잘 맞는 내 삶의 동반자였지. 그런 사람을 만났다는 건 내 인생의 큰 축복이라 생각한단다."

그 무뚝뚝한 외할아버지도 외할머니 이야기를 할 때는 사랑에 막 빠진 소년 같았다. 그 모습에 모태솔로인 내 마음도 몽글몽글해졌다.

"네 외할머니는 시집올 때부터 꾸준히 기록을 했단다. 그렇게 아파서 힘들어하면서도 한 번도 게을리한 적이 없지. 없는 게 없더구나. 수학이 너를 돌봐줄 때 썼던 일기나 기록이 네 엄마가 쓴 육아일기보다 훨씬 더 많을 정도니 알만하지? 모든 친척의 생일, 전화번호는 물론 단 것이 땡길 때 부족한 영양소 등의 건강 상식, 건강 차를 만드는 법, 된장국 육수 내는 법, 나에 대한 푸념, 다 열거할 수도 없을 정도란다.

원래는 수첩에 기록했었는데 네 엄마에게 컴퓨터를 배우고 나서는 컴퓨터에 남겼단다. 컴퓨터 실력도 나보다 뛰어났지. 옛 수첩의 기록을 보다 보면 그때 일이 다시 새록새록 기억나기도 해서 그런지 시간 여행을 하는 기분이더구나. 요새는 수첩에 적힌 내용을 컴퓨터로 옮기는 중인데, 하루가 금세 지나가서 심심한 줄 몰라.”

외할아버지는 요즘 하고 계신 일을 찬찬히 말씀해 주셨다. 외할아버지의 말을 들으니 수첩의 내용이 궁금해졌다.

“그 수첩 저도 보고 싶어요.”

“그래. 거기에 적힌 네 모습을 찾아보는 것도 재미있겠구나.”

외할아버지와 나는 함께 서재로 갔다.

‘외할머니 수첩에 적힌 내 모습? 설마 열지 말아야 할 판도라의 상자 같은 아니겠지?’

외할머니가 기록한 내 모습이 궁금하면서도 혹시 나에 대해 안 좋은 이야기를 남기셨을까 염려도 되었다. 하지만 괜한 걱정보다는 궁금함이 더 앞섰다. 나는 외할아버지를 따라 서재로 향했다. 그곳에는 외할머니의 수첩들이 잔뜩 쌓여있었다. 어떤 건 색이 바랬고 어떤 건 겉표지를 감싼 비닐이 울퉁불퉁 올라왔고 어떤 건 거의 새것에 가까웠다. 편리한 스마트폰 메모장과는 달리 펜으로 꾹꾹 눌러 꾸준히 기록한 수첩은 그 무게감이 남달랐다.

"어디 보자. 어떤 것부터 보는 게 좋을까? 옳거니. 네가 태어난 날 기록이 좋겠구나."

외할아버지는 잠시 생각에 잠기셨다가 내가 태어난 날의 기록이 적힌 수첩을 찾아 주셨다.

'대박! 박혁거세도 아닌데 태어난 날의 기록이 있다니.'

"자, 한 번 읽어봐라."

나는 쿵쾅거리는 가슴을 진정시키며 외할머니의 수첩을 건네받았다. 수첩에서 그리운 향기가 느껴졌다. 마치 외할머니가 내 옆에서 지켜보고 계신 것 같았다. 나는 주섬주섬 수첩을 넘겨 그날의 기록을 찾았다.

"여기 있어요! 3월 14일. 제 생일이에요."

"그래. 수학이 네가 태어난 날이로구나."

외할아버지는 의자에 앉아 등받이에 등을 대고 눈을 감으셨다. 나는 할머니의 글을 소리 내어 읽기 시작했다.

"산고가 오래 진행되었다. 노산이라 걱정을 많이 했다. 의사 선생님은 걱정하지 말라 했지만 내 딸은 얼마나 아팠을까. 예정된 시간을 지나 세상에 나온 놈아, 엄마를 오래 힘들게 했으니 앞으로는 효도만 하거라. 그리고 세상에 나온 걸 축하한다. 마침 오늘은 세계 수학의 날이니 아무쪼록 세계적인 인물이 되거라."

내가 태어난 날의 기록이 있다니. 어쩐지 감동스러워 같은 내용을 읽고 또 읽었다.

"태어날 때 네가 속을 좀 태웠지."

외할아버지께서 농담을 하셨다. 엄마에게서 말로만 들었던 그날의 일을 기록으로 마주하니 묘한 기분이 들었다. 보통 위인전을 보면 그 사람이 태어날 때의 이야기부터 시작하던데, 어쩌면 이것은 내가 위인이 될지도 모른다는 복선이 아닐까? 백수학의 시작이 적혀 있는 이 수첩 덕분에 내 자신이 무척 위대한 사람처럼 느껴졌다.

"이걸 보니 왠지 제가 대단한 사람처럼 느껴져요."

나는 외할머니의 글을 다시 묵독했다. 앞으로 외할아버지 댁에 올 때마다 외할머니의 기록에서 내 흔적을 더 찾아보고 싶었다. 그김에 기록 정리도 함께하면 좋지 않을까? 나는 외할아버지께 이렇게 말씀드렸다.

"입력하는 거 도와드릴까요? 저 타자 엄청 빨라요."

"그래 주면 좋지."

다행히 외할아버지도 긍정적으로 답해 주셨다.

“외할아버지. 그럼 제가 세계 수학의 날에 태어나서 수학이라는 이름을 지어주신 거예요? 한자가 다르기는 하지만요.”

나는 외할머니의 수첩을 읽다 문득 생각이 나 물었다. 그러고 보니 이름에 대해 고민하면서도 정작 외할아버지께 왜 내 이름을 수학이라 지었느냐고 여쭤본 적이 없었다. 나는 그 이야기가 더 듣고 싶어졌다. 과연 수학이란 이름에 어떤 의미가 있기에 내 이름이 되었을까? 외할아버지의 설명을 들으면 그 해답을 구할 수 있지 않을까? 나는 외할아버지의 말씀에 귀를 쫑긋 세웠다.

“네가 태어난 날이 세계 수학의 날이니 그렇게 생각할 수도 있겠구나. 그 이름은 말이다.”

딩동

외할아버지가 내 이름에 대해 말씀하시려는 순간 벨이 울렸다.

11

고차원의 수학

외할아버지 댁에 올 사람이 우리 가족 말고 누가 있지? 고개를 갸웃거리며 인터폰 화면을 확인했다. 모니터 너머로 등산복 차림의 중년 남자와 그 뒤에 서 있던 내 또래의 아이가 잠깐 보였다 사라졌다.

"문 열어 드려라."

방문객의 얼굴을 확인한 외할아버지 표정이 확연히 밝아지셨다.

'와, 내가 올 때보다 더 좋아하시는 것 같은데? 도대체 누구지?'

새삼 손님의 정체가 궁금했다. 현관문이 열리고 단정

한 외모에 키가 훤칠한 아저씨가 밝은 미소를 지으며 들어왔다.

"선생님, 잘 계셨죠?"

"그럼. 자네도 잘 지냈는가? 수학아, 인사 드리거라. 나랑 예전에 같은 직장에서 근무했던 분이란다. 지금은 수학 교수지."

외할아버지가 나에게 그 아저씨를 소개해 주었다.

"안녕하세요."

"내 손자일세."

외할아버지께서는 내 뒤로 가 내 양쪽 어깨에 손을 얹으셨다.

"아, 그런가요? 만나서 반갑다."

갑자기 손님을 맞이하게 되어 얼떨떨한 나를 보며 아저씨가 반갑게 인사를 하셨다. 양손에는 과일과 떡 상자를 들고 계셨다. 아마도 외할아버지께 드리려고 가져온 모양이었다.

"더 자주 뵈어야 하는데, 요즘 논문을 마무리하느라 도통 시간을 내지 못했네요. 오랜만에 둘레길도 오를 겸 겸사겸사 왔습니다."

“자식보다 자주 보는 사람이 별소리를 다 하는구먼.”

외할아버지는 손사래를 쳤다. 아저씨는 다시 나를 보시며 말씀하셨다.

“반갑다. 이름이 뭐니?”

“백수학이에요.”

“수학이라. 무척 멋있는 이름인 걸?”

수학 교수님은 내 이름을 어떻게 생각하실까? 내심 궁금했는데 이렇게 호의적인 반응은 오랜만이라 기분이 좋았다.

“근데 이 녀석은 왜 이렇게 안 들어오지?”

아저씨는 누굴 기다리는지 현관문 쪽을 보며 말했다.

“아들이랑 같이 왔나 보지?”

“네. 둘레길 같이 걸으려고 데리고 왔습니다. 그런데 담장을 보더니 그 앞을 떠나지 않더라고요.”

“허허. 내 패턴에 먼저 관심을 가져주는 손님이라. 자네 아들답군, 그래.”

아저씨의 표정을 보니 아무래도 아직 등장하지 않은 그 아이는 무언가에 꽂히면 누구도 말릴 수 없는 성격인 듯싶었다.

'담벼락에 뭐가 있었나?'

두 분이 그간의 안부를 서로 나누시는 사이 현관문이 열리고 내 또래 손님이 모습을 드러냈다. 그 얼굴을 확인한 나는 화들짝 놀라 나도 모르게 손가락으로 그 아이를 가리키며 소리를 치고 말았다.

"엇! 너는?"

"어? 백수학 아냐? 네가 왜 여기에 있어?"

그 아이는 지난번 학교에서 뭉치가 내게 시비를 걸었을 때 보았던 전학생이었다. 뭉치가 나를 놀리는 모습을 보고 당황하며 미안하다는 눈빛을 보냈던 기억이 났다. 그리고 보니 지수가 그 아이의 아버지가 수학 교수님이라는 말을 했었던 것 같기도 했다.

"둘이 아는 사이니?"

"네!"

"아니오!"

놀란 외할아버지와 아저씨의 물음에 우리는 동시에 서로 다른 답을 외쳤다. 전학생이 말했다.

"하하. 전 수학이 알아요. 얘는 절 잘 모르겠지만요."

"얼마 전에 우리 학교에 전학 왔어요."

나는 할아버지께 우리 둘의 인연을 말씀드렸다.

"그러냐? 그것 참 신기한 인연이로구나."

우리는 인연과 우연이 교차하며 만든 선 위에 서 있었다.

"안녕하세요. 할아버지 말씀 많이 들었어요. 꼭 뵙고 싶었습니다. 저는 고차원이라고 해요."

'풉, 고차원이라고?'

고차원이란 이름은 내 이름만큼 인상적이었다. 전학생의 이름을 듣는 순간 웃음이 터질 뻔했지만 간신히 참았다.

"수학아. 아저씨랑 이야기하는 동안 또래 손님 좀 잘 부탁한다."

외할아버지는 나에게 고차원을 부탁하시고 아저씨와 함께 서재로 들어가셨다. 나와 고차원이 남겨진 거실에는 어색한 분위기가 흘렀다. 분위기 전환에는 역시 먹는 게 최고다. 그래서 부엌으로 가 콜라와 과자를 꺼내왔다. 차원이는 콜라를 마신 후 말을 시작했다.

"우리 아빠가 존경하는 분이 너의 할아버지셨구나."

"응. 외할아버지셔."

외할아버지는 누구라도 그렇게 생각할 분이시다.

"우리 아빠는 원래 공부를 더 하고 싶었는데 집안 형편이 어려워 공부를 포기하고 취직했다고 하셨어. 그때 너희 외할아버지가 직장 상사셨는데 아버지의 사연을 들으시고는 아직 젊으니 다시 공부하라고 설득하시고 심지어 등록금도 주셨대. 그 응원을 받아 용기를 낸 아빠가 다시 공부를 시작해서 결국 원하는 꿈을 이루신 거야.

아빠는 늘 내 귀에 딱지가 앉도록 말씀하셨어. 자신은 운이 좋아 교수가 된 거지 결코 남보다 뛰어나서가 아니라고. 공부는 너희 외할아버지 같은 분이 하셔야 된다고 말이야. 그리고 이뤄낸 게 많아질수록 주변 사람에게 잘하고 겸손하라고 당부하셨어."

차원이는 상기된 얼굴로 아저씨와 외할아버지와의 인연에 대한 이야기를 이어갔다.

"너네 외할아버지는 우리 아빠가 어떻게 생각하면서 연구하는지 듣는 걸 좋아하신대. 아빠도 그 과정을 말하다 보면 생각이 정리가 되고 또 다른 아이디어가 불현듯 떠오르기도 해서 외할아버지를 뵙고 나면 늘 기분이 좋다고 하셨어. 하도 말씀을 많이 들어서 그런가 오늘 처음

뵙는데도 이미 여러 번 뵌 분 같더라. 그리고 이 집 담벼락 봤어? 보자마자 숨이 멎는 줄 알았다니까?”

고차원은 과장스러운 몸짓으로 자신의 손을 가슴에 대며 놀란 표정을 지었다.

“담벼락?”

“벽돌을 쌓아 올린 패턴 말이야. 재미있던데? 벽돌이 몇 개가 필요한지 알아내도 쉽고.”

무슨 소리인지 도통 알 길이 없었다. 하지만 설명하는 고차원의 눈이 반짝였다. 그 말을 들으니 엄마가 어릴 적 집안에 숨겨진 새로운 패턴을 발견하면 외할아버지께서 무척 좋아하셨다고 했던 말이 떠올랐다. 외할아버지 댁 담벼락에는 내가 미처 찾지 못한 패턴이 있었던 모양이다. 내가 먼저 발견했어야 했는데. 너무 아쉬웠다.

“같이 나가 볼래?

나는 기꺼이 고차원과 담벼락을 보러 갔다.

‘이게 뭐가 어떻다는 거지?’

하지만 내 눈에는 어렸을 적부터 보았던 그 모습 그대로였다. 나는 내가 무엇을 놓쳤는지 도통 알 길이 없어 담벼락을 다시 바라보았다. 그러자 고차원은 나에게 담벼

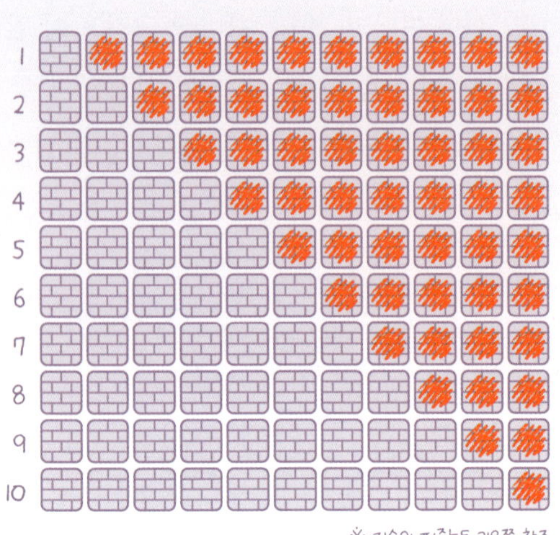

✻ 지수의 퍼즐노트 218쪽 참조

락에 숨겨진 패턴을 해석해주었다.

"너네 할아버지는 회사에서도 수학적으로 업무를 처리하셨대. 그래서 늘 남들보다 훨씬 빨리 일을 처리하셨다더라. 평소부터 모든 걸 수학적으로 생각하시는 분이시니, 이 담벼락의 패턴에도 수학적인 내용이 담겨 있다고 볼 수 있어. 자, 이 담벼락을 정사각형의 격자로 나눠봐. 만약 빨간색 벽돌의 개수를 알고 싶다면 빨간 벽돌을 포함한 정사각형 격자의 합을 먼저 구하는 거야. 그런 다음 격자 내에 있는 벽돌의 수를 곱하면 쉽게 파악할 수 있지."

“그렇구나!”

설명을 듣고 보니 크게 어려운 내용은 아니었다. 하지만 이 담벼락 앞을 지나간 수많은 사람 중 고차원처럼 해석한 사람이 과연 몇 명이 있을까? 혹시 이 아이는 세상 모든 사물이 수학적으로 보이는 필터를 끼고 있는 걸까? 문득 고차원을 가리켜 우리랑 사는 세계가 다르다고 했던 지수의 말이 떠올랐다.

“아빠는 너희 외할아버지처럼 삶에서 수학을 즐기는 분을 존경한다고 했어. 이렇게 집에도 수학 개념을 위트 있게 숨겨놓으실 줄이야! 보물찾기보다 더 재미있더라. 그러고 보니 네 이름도 수학이네. 그것도 너희 외할아버지가 숨겨놓은 수수께끼인가?”

고차원은 나도 모르는 외할아버지에 대한 고차원적인 정보를 가지고 있었다. 하지만 내 이름에 대해서는 잘못 짚었다. 그래도 나는 화를 내지 않고 엄숙하게 사실을 정정해 주었다.

“내 이름의 의미는 그 수학과는 달라.”

“아참, 그렇지! 지난번 네가 이름 때문에 곤란해하는 걸 보고도 내가 실수했다. 그때 덩치 큰 친구가 네 이름에 대해 말하는 걸 듣긴 했었는데.”

외할아버지 댁에서 패턴을 찾고 한층 고무되어 있던 고차원은 실수했다고 생각했는지 움찔했다. 그리고는 머리를 긁적이며 말을 이어갔다.

“사실 걔에 대해서는 잘 몰라. 학원에서 같은 반이기는 한데, 수학 문제 이야기만 하거든. 그날 학교에서 보니 완전 다른 사람이더라. 내가 대신 사과할게.”

“네가 미안해할 일은 아니야.”

뭉치가 날 놀렸던 날의 일로 잠깐 정적이 흐르자 고차원은 얼른 화제를 바꿨다.

“아빠가 그러시는데, 이 집에는 수학과 관련된 수수께끼가 몇 개 더 있대. 같이 찾아볼래?”

“그럴까?”

고차원은 숨겨진 수수께끼를 찾는 데 진심인 것 같았다. 아는 만큼 보인다더니, 여태껏 한 번도 알아차리지 못한 것이 무색하게 오늘은 외할아버지 댁 전체가 퍼즐처럼 느껴졌다.

“이 거실 통창의 문양은 총 세 개의 정사각형 영역으로 나누어져 있는데, 창문 전체의 가운데에 선을 그으면 대칭 구조가 돼. 그리고 가운데에 있는 창의 문양도 이 중심선을 기준으로 보면 회전 대칭이야. 밖의 담벼락처럼 이 거실 창문도 단순한 장식이 아니라 구조적 사고를 나타낸 거지. 그렇다면 각각의 정사각형 영역의 합이 1이 되는 식을 만들 수 있지 않을까?"

고차원은 거실 창의 문양도 간결한 식으로 나타냈는데, 그 패턴을 가장 적절하게 표현할 수 있는 언어로 번역하는 것처럼 보였다. 나는 고차원을 물끄러미 바라봤다. 패턴을 찾고 그 구조를 설명하는 모습이 지수가 자신이 좋아하는 퍼즐이나 프라모델에 대해 말할 때와 비슷했다. 자기가 진짜 좋아하는 것에 몰입하는 모습은 다른 사람들보다 우월하다고 내보이기 위한 잘난 척이 아니었다. 그저 나와 다른 차원에 있을 뿐이었다.

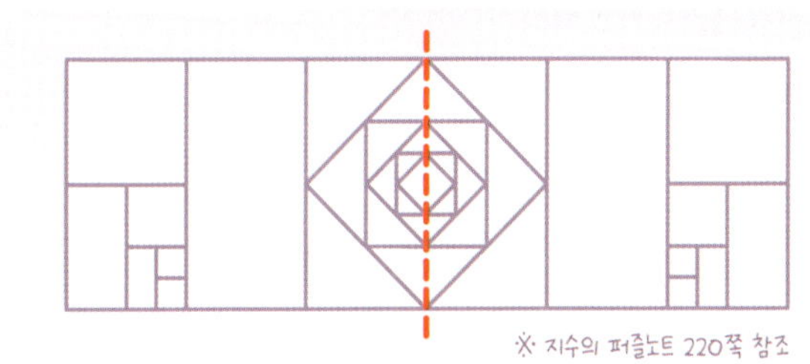

“넌 그런 게 막 눈에 보여?”

“그런 건 아니야. 그냥 패턴을 보면 간결한 식으로 나타내고 싶을 뿐이지. 내가 이런 말을 하면 아이들이 잘난 척한다고 오해해서 자제하는 편인데 이 집을 보니 너무 흥미로워서 내가 흥분했나 봐. 과했다면 미안해.”

여기저기 할아버지가 만들어 놓은 패턴을 찾는 일에 몰입하던 고차원은 그제야 내가 눈에 들어오는 듯했다.

“아니야. 나도 몰랐던 걸 알게 돼서 좋았어. 아직 완벽하게 이해한 건 아니지만 네가 무슨 말을 하려고 하는지 정도는 알 것 같아.”

예전 같으면 나도 고차원을 좀 재수 없다고 생각했을 거 같기도 하다.

“뭉치랑 같은 반이면 너도 학원에서 최상위 반이야?”

“맞아. 그렇지만 반 편성은 그저 편의상 나눈 거잖아. 나는 내가 수학을 제일 잘한다고 생각하지는 않아.”

“그래도 나보다 훨씬 잘하잖아. 난 시험 결과가 기대한 만큼 안 나오더라고.”

차원이가 자신의 실력을 겸손하게 말하니 솔직하게 말을 한 나조차 겸손해 보이는 듯한 상황이 되었다.

"시험을 못 보면 수학을 못 하는 거야? 시험 점수로만 판단한다면 수학은 시험을 보기 위한 과목 그 이상도 그 이하도 아닌 거잖아."

'뭐야. 나에 대해 뭘 알고 말하는 거야?'

고차원은 지금 내가 헤매고 있는 지점을 정확히 찔렀다. 혹시나 싶어 고차원을 찬찬히 살펴봤지만 내 상황을 알고 하는 말 같지는 않았다.

"나는 수학이 시험을 보기 위한 과목만이라고 생각하진 않아. 학교 수학 문제도 재미있지만 난 이런 패턴을 찾아서 수학적 언어로 간결하게 표현하는 게 더 재미있어. 그러다 보니 더 깊이 공부해서 다양한 패턴을 수학의 언어로 표현하고 싶더라고."

고차원이 말하는 수학은 나는 물론 지수의 생각과는 또 달랐다. 그렇다면 고차원에게 수학이란 무엇일까? 오늘 처음 대화를 나눠본 사이에 대뜸 이런 진지한 질문을 하려니 망설여졌지만 용기를 내기로 했다. 나는 차원이가 어떤 대답을 할지 궁금해졌다.

"그럼 너는 수학이 뭐라고 생각해?"

"수학? 수학은 너지."

고차원은 눈을 크게 뜨고 익살스러운 표정을 지으며 손가락으로 나를 가리켰다.

'도대체 저런 표정은 어떻게 짓는 거야?'

아주 친한 사이에서나 나올 법한 표정에 어떤 반응을 보여야 할지 당황스러웠다. 하지만 한편으로 수학이 무엇이냐는 질문을 순간 내가 누구냐는 질문으로 연결한 재치가 유쾌했다. 고차원은 몇 수 앞을 내다보는 지혜를 줄 수 있는 좋은 친구가 될 것 같다는 예감이 들었다.

"하하. 놀랐다면 미안. 너무 반가운 마음에 그만 나의 치명적인 애교가 나와 버렸네. 음, 네 말은 나도 줄곧 고민했던 질문이었어. 그런 이야기를 꺼낼라치면 내 주변의 친구들은 쓸데없는 생각 하지 말고 문제나 풀라고 했었는데, 내게 그 질문을 하는 친구가 있다니! 하하."

고차원이 우스꽝스러운 표정을 풀고 말했다.

"사람들은 늘 수학 공부를 열심히 해야 한다고 하면서도 수학이 무엇인지를 말하지 않아. 나는 교과서에 나오는 게 수학의 전부는 아닐 것 같다는 생각이 어렴풋이 들더라고. 그래서 아빠는 혹시 답을 알고 계실까 여쭤본 적이 있어. 그걸로 대신 대답해도 될까?"

“좋아.”

고차원도 이 고민을 했었다니! 순간 내적 친밀감이 확 올라갔다. 수학을 연구하시는 분은 수학이 무엇이라고 생각할까? 너무 궁금해 견딜 수가 없었다. 고차원이 알려주는 답은 분명히 나에게도 도움이 되리라 생각했다.

“수학이란 무엇일까에 대한 답은 하나가 아니래.”

“사람마다 각자 다른 대답을 가지고 있다는 뜻이야?”

“나도 그렇게 이해했어. 사전적인 의미와 별개로 결국 수학에 대한 정의는 개인의 경험에 따라 다르니까 백인백색의 정의가 나오는 거지. 우리 아빠만 하더라도 학생일 때는 시험 문제에 대한 답을 찾는 게 수학이라고 생각했었대. 그런데 또 수학 연구를 직업으로 삼으니 그 답이 달라졌다고 하셨어.”

차원이의 말에 나는 다시 질문을 이어갔다.

“달라졌다면 답을 찾는 게 아니었다는 뜻이야?”

“답을 찾는 것은 물론 아직 답이 없는 문제 자체를 찾아가는 과정도 수학이라는 걸 알게 되셨대. 문제는 평생 찾기만 하다가 끝날 수도 있고 때로는 섬광처럼 반짝이는 순간의 영감만으로도 발견할 수도 있어서 종잡을 수 없는 모험과 같다고 하시더라. 이건 비밀인데, 우리 아빠는 수학 연구가 모험이라 생각해서 교수보다는 모험가로 불리고 싶어 하셔."

수학을 모험이라 생각하는 차원이네 아버지 생각도 놀라웠다. 정답으로 향하는 하나의 길을 찾는 경직된 과목으로 여겼던 내 생각과는 전혀 다른 세계였다.

"그래서 아빠가 내린 결론이 뭔지 알아?"

고차원이 물었다.

"글쎄, 뭔데?"

"수학은 스스로 문제를 찾아가는 과정 속에서 의사결정이 옳았음을 끊임없이 증명하는 거래. 그래서 아빠도 계속 수학이 뭔지 찾는 중이라고 하셨어."

고차원의 아버지가 생각하는 수학은 나, 그리고 지수와는 또 달랐다. 수학은 정말 다채로운 의미를 가지고 있었다. 차원이의 대답을 들은 나는 내가 좁은 시야에 갇혀 불필요하게 감정을 소모하고 있었다는 사실을 새삼 확인할 수 있었다.

"우리 아빠는 등산을 좋아하시거든? 처음부터 가파른 코스에서 시작한 사람은 그게 전부인 줄 알고 등산을 싫어하고 포기한대. 하지만 산에는 가파른 곳이 있으면 완만한 코스도 있잖아. 수학을 공부하는 동안은 실패와 좌절을 많이 겪을 테니 힘들면 잠시 여유를 가지고 쉬어도 된다고 하셨어. 그러면 또 쉬운 길도 나온다고. 나도 공부하다가 슬럼프가 찾아올 때면 아빠의 말씀을 늘 생각해.”

고차원의 아버지가 하신 말씀은 나에게도 위로가 되는 말이었다.

“근데 아빠는 아빠고 나는 나잖아. 그래서 나도 나름대로 수학이 무엇일지 계속 생각하는 중이야.”

“그럼, 네가 생각하는 수학은 뭐야?”

나는 고차원이 다듬은 생각도 궁금했다.

“내가 수학에서 가장 재미있다고 느끼는 건 역시 숨겨진 패턴을 수학 언어로 표현하는 일이야. 나에게 수학은 세상을 보는 눈이자 언어야. 그래서 수학 공부를 할수록 더욱 다양한 표현을 할 수 있는 것 같아.”

그것이 바로 고차원의 수학이었다. 같이 보낸 시간이 길지 않았지만 어느 누구보다도 깊은 대화를 나눴다. 이 날을 기점으로 고차원과 나는 성을 붙여서 부르지 않는 절친이 되었다.

차원이의 말이 끝난 그때 서재 문이 열리고 두 분이 나오셨다. 차원이의 아버지는 외할아버지께 다음에 또 오겠다는 인사를 드리고 집을 나서면서 나에게 말씀하셨다.

"수학아! 우리 차원이가 네 덕을 많이 봤단다. 사모님께서 네가 풀 퍼즐 책을 살 때 늘 우리 차원이 것도 같이 사서 선물로 주셨거든. 차원이가 수학을 좋아하는 데는 네 지분이 크다. 정말 고맙다."

나는 이 오묘한 인연의 흐름이 얼떨떨했다. 내가 저 엄청난 아이를 키웠다고? 옆에서 차원이도 나를 보며 미소를 지었다.

오늘 차원이와 나눈 대화를 완벽하게 이해했다면 거짓말이다. 하지만 내가 아는 몇 안 되는 사람들조차도 수학에 대한 생각이 모두 다르단 걸 확인하기에는 충분했다. 결국 내가 이름값을 하지 못한다고 괴로워했던 이유는 내 이름이 수학이어서가 아니라 내가 수학을 제대로 이해하지 못했기 때문이었다.

이 사실을 깨닫자 이름 때문에 수학 시험을 잘 봐야만 한다고 스스로 옭아매며 감정을 소모했던 지난날이 한심하게 느껴졌다. 이제 수학이라는 이름의 바위는 부서지고 내 이름의 무게는 한결 가벼워졌다. 그리고 내 이름을 바꿀 이유 또한 사라졌다. 내가 이렇게 쉽게 마음이 변하는 사람이라니, 새삼 놀라웠다.

12

수학 시간

"쌤, 중간고사도 끝났는데 자유 시간 주시면 안 되요?"

수업 시작을 알리는 종이 쳤는데도 교실 안은 어수선했다. 삼삼오오 모여 잡담을 나누거나 그림을 그리거나 수학 교과서에 낙서를 하는 아이도 있었다. 시험이 끝나고 나면 아이들 대부분은 수업에 집중하지 못한다. 그런 모습을 보면 다들 나처럼 시험을 보기 위해 수학 공부를 하는 게 아닐까 하는 생각이 들기도 한다.

"좋아. 수학의 본질은 자유로움에 있으니 오늘은 자유 시간을 주도록 하지."

평소 우리의 마음을 센스 있게 받아주시는 수학 선생

님의 화답에 시험이 끝나고 풀어질 대로 풀어진 아이들은 환호성을 질렀다.

"하지만 자유 시간도 수학적으로 보내야겠지?"

수학 선생님의 의중을 알 수 없는 말에 아이들 머리 위로 물음표가 떴다.

"자유 시간이니까 내가 던진 질문에 자유롭게 대답해 봐라."

선생님이 분필을 들고 칠판에 커다랗게 한 문장을 적으셨다.

[수학이란 무엇일까?]

나는 칠판에 적힌 문장을 보고 그만 화들짝 놀라고 말았다. 선생님도 저 질문에 대해 생각하셨을 줄이야! 수학이 무엇인지 생각해 보는 사람은 많지 않다고 불만을 가졌던 차원이가 떠올랐다. 수학을 잘하는 사람들은 모두 저런 의문을 품는 걸까? 나 역시도 내 이름 때문에 겪은 문제가 없었다면 다른 친구들과 같은 반응을 했을 것 같다. 수학 선생님은 어떤 답을 내려주실까? 선생님의 다음

말이 궁금했다.

"자유시간이라면서요. 왜 또 문제를 주세요?"

"그거 다음 논술시험에 나와요?"

"정답이 있는 질문이에요?"

자유롭게 놀 생각에 들떴던 아이들의 저항이 심했다. 하지만 선생님은 물러서지 않으셨다.

"자유롭게 대답해도 되니까 자유 시간 맞지."

"어휴, 기대를 한 내가 잘못이다."

여기저기서 툴툴대는 소리가 터져 나왔다. 하지만 수학 선생님의 카리스마에 밀렸는지 이내 하나둘 답을 던지기 시작했다. 그때 뭉치가 말했다.

"수학은 우리 반의 23번이죠."

'저 녀석 머릿속에는 진짜 나밖에 없나?'

23번은 내 번호다. 뭉치는 진지할 때와 그렇지 않을 때를 구분하지 못하고 또 내 이름으로 장난을 쳤다. 하지만 대부분의 아이들은 선생님의 질문에 어떻게 대답해야 할지 몰라 당황하는 눈치였다.

"선생님. 그런 건 별로 생각해 본 적이 없는데요."

"그러니 지금이라도 생각해 봐. 정답은 없으니 딱 떠오르는 대로 자유롭게 던져보렴.”

답을 하는 데 주저하는 아이들을 위해 수학 선생님이 분위기를 편하게 풀어주셨다. 그러자 아이들은 조금 더 구체적으로 이야기하기 시작했다.

“수학은 공식 덩어리죠.”

“이것저것 따져서 피곤해요.”

“계산하는 훈련을 하는 과목이요.”

“수학은 규칙입니다. 복잡한 것들을 간단하게 만드는 도구이기도 하고요.”

“차가운 과목이요. 접근하기가 어려워요.”

“속마음을 안 알려주는 무뚝뚝한 친구 같아요.”

“수학은 나를 괴롭히는 존재에요.”

“없어졌으면 좋겠어요!”

“우리 삶과 사고를 훈련시키는 방법이요.”

“좋은 대학을 가기 위해 사람들을 나누는 도구요.”

대답의 물꼬가 트이자 아이들은 다양한 답을 내놓았다.

“전 학교 시험뿐만이 아니라 퍼즐처럼 다양한 문제를 해결하는 과정도 수학이라 생각해요. 퍼즐을 완성할 때 느껴지는 쾌감이 진짜 최고거든요.”

지수도 한마디 덧붙였다.

“저는 세상의 구조와 규칙을 표현하는 언어라고 생각해요. 신기하게도 어떤 복잡한 현상도 수학으로 다 설명할 수 있어요.”

어딘가에서 차원이와 비슷한 생각을 가지고 있는 친구의 말도 들렸다. 선생님은 모든 답이 대견한 듯 고개를 끄덕이며 웃었다.

“선생님께 수학은 뭐예요?”

나 또한 용기내어 혼자서만 끙끙 앓던 질문을 던졌다. 내 질문에 여기저기서 감탄과 야유가 동시에 쏟아졌다. 내 진지한 모습이 어울리지 않다고 생각했을 수도 있고 아니면 선생님한테 역으로 질문하는 게 당돌해 보였을 수도 있다. 하지만 나에게는 그동안의 고민이 담긴 질문이었기에 선생님이 진지하게 대답해 주시기를 바랐다.

“내가 생각한 수학은 노답이었어, 노답!”

흥미로운 말에 여기저기서 딴짓하던 아이들의 시선이 선생님을 향했다.

“너희들은 수학 시간에 늘 정답만 찾으니 내 말이 의아하게 들릴지도 몰라. 그런데 내가 수학의 역사를 배우며

본 수학은 실수도 많이 하고 완벽하지 않았어. 한마디로 답이 없었지."

조용해진 교실에 선생님의 말이 울렸다.

"다만 답이 없는 어설픈 발상도 묵살하지 않고 더 나은 아이디어를 보태면서 좋은 결과물로 완성해 갔어. 물론 그 과정 속에서 수학이 진전을 이루지 못하는 순간도 있었지. 그럴 때는 기존의 방식을 버리고 도전적인 발상을 통해 창의적인 방법을 찾아냈어. 그러면 수학은 다시 발전의 물꼬를 터서 앞을 향해 나아가더라고. 그래서 나는 수학이란 완벽하지 않았던 이론을 세대를 넘어 아이디어를 공유하고 개선하면서 완벽에 가까워지도록 발전시킨 인류의 유산이라고 생각해."

선생님은 수학의 역사를 통해 알게 된 수학의 모습을 말씀해 주셨다. 나는 처음으로 수학에 대한 선생님의 생각을 들을 수 있었다.

"너무 이상적이야."

뭉치는 선생님이 들리지 않게 작은 목소리로 중얼거리며 고개를 절레절레 흔들었다.

수학이 꾸준하게 발전하기 위해서는 어떠한 것이 가

장 중요할까? 선생님은 우리에게 수학 공부에 필요한 소양에 대해 물으셨다. 그러자 아이들은 아이큐, 지능, 좋은 학원, 좋은 책, 좋은 선생님처럼 나름의 현실적인 답을 내놓았다.

"음, 각자의 상황에서 보면 그런 것도 필요하겠지. 하지만 가장 중요한 것은 상대의 생각을 존중하는 겸손과 함께 나누려는 지혜가 아닐까? 그게 없었다면 인간이 할 수 있는 가장 정제된 사고의 결정체는 탄생할 수 없었을 거야. 그러니 수학을 공부할 때는 그러한 태도를 꼭 명심하렴."

선생님이 진도가 늦어지더라도 수업 시간에 함께 풀고 고민하는 시간을 많이 주셨던 이유가 바로 이거였구나! 뒤늦게 이해가 됐다. 나는 선생님께 다시 질문했다.

"선생님은 수학을 잘하는 게 뭐라고 생각하세요?"

"자기 이름 나오니까 적극적이네?"

뭉치가 내 이름을 가지고 계속 놀려댔지만 나는 이제 그런 말에는 흔들리진 않는다.

"수학이 무엇이냐는 질문처럼 수학을 잘한다는 것이 무어냐는 질문에 대한 답도 여러 가지겠지. 나는 자기만 알겠다고 지식을 공유하는 데 인색하다면 그건 수학을 잘하는 게 아니라고 생각해. 그리고 잘 안된다고 쉽게 포기하는 일 또한 마찬가지야."

나는 내 생각과 선생님의 말씀을 비교해 보았다.

"우리는 각자 능력도, 출발점도 달라. 수직선의 기준은 항상 원점이지만 우리의 삶의 원점은 각자 다른 셈이지. 자신의 위치에서 한 단계 더 성장하겠다는 마음으로 꾸준히 노력하며 실천하는 자세가 수학을 잘하기 위한 바람직한 자세라고 생각해."

수학 선생님은 자신만의 철학에 확신을 가지고 계셨다. 평소 문제 풀이의 방향을 올바르게 제시해 주시는 선생님의 모습도 좋아하지만 오늘은 특히 더 멋있어 보였다.

"그냥 어떻게든 시험 잘 보는 게 장땡이지. 이런 이야기 할 시간이 있으면 한 문제라도 더 풀겠다."

물론 선생님의 말씀을 비꼬거나 따분하다고 생각하는 친구도 있었다. 하지만 그 많은 수학 수업을 듣는 동안 수학 선생님들의 생각을 들어본 적이 없었다. 늘 교과 과정에 따라 배우면서 더 많은 문제를 푸는 게 좋다고 생각했는데, 이런 이야기를 듣고 생각을 나누는 시간은 적어도 지금의 나에게는 너무 소중했다. 이번 수학 선생님은 부끄러운 점수를 확인하고 움츠러들 때마다 지난번보다 잘했다고 늘 격려해 주셨다. 그때는 그냥 듣기 좋으라고 해주신 말인 줄 알았는데 저런 배경에서 나온 덕담인 걸 알게 되니 앞으로는 100점에 연연하지 말고 지금 수준에서 한 단계 더 성장하는 걸 목표로 삼아야겠다는 생각이 들었다.

"선생님. 수학을 잘한다는 건 내가 뭘 모르는지를 찾는 것도 포함되나요?"

선생님이 고개를 끄덕였다.

"아주 좋은 질문이야. 결국 수학을 잘하기 위해서는 문제 풀이만이 아니라 질문을 만들어가는 자세를 가지는 일이 중요해. 수학자 칸토어의 유명한 명언도 있잖니? 수학에서 올바른 질문을 하는 기술은 문제를 푸는 기술보다 더 중요하다고 말이야. 다들 이 말을 명심하렴."

선생님의 말씀은 내가 내 이름이 주는 무게감으로 힘들어하고 나를 뒤흔드는 질문과 그에 대한 대답을 찾으며 생각을 확장하려 했던 모든 과정 또한 수학이라고 말씀해 주시는 것 같았다. 나는 이제껏 계속 내 이름을 부정해 왔다. 하지만 개명하기 위해 동분서주하는 사이 이름을 바꿔야 할 이유가 사라지고 말았다. 아니, 어쩌면 내 이름은 나의 정체성을 가장 잘 드러내고 있을지도 모른다는 생각이 들기 시작했다.

4장

이름의 기원

13

외할머니의 퍼즐

지수에게 차원이와 외할아버지 댁에서 만났던 이야기를 했더니 자기도 데려가 달라며 나를 졸라댔다. 끈질긴 부탁을 거절할 수 없어 오늘은 지수와 함께 외할아버지 댁에 왔다.

"이게 고차원이 식으로 나타냈다는 그 패턴이야?"

내가 말했던 담벼락과 거실 패턴에 관심을 보이는 지수의 모습은 마치 체험학습을 나온 아이 같았다. 나는 차원이에게 들었던 설명을 그대로 해줬다.

"이것도 내 퍼즐 리스트에 넣어야겠군. 식을 주고 그림으로 표현하라는 퍼즐로 바꾸면 재밌을 거 같아."

지수는 가방에서 작은 수첩을 꺼내어 무언가를 적었다. 차원이는 패턴을 수학의 언어로 표현하고 지수는 자신이 좋아하는 퍼즐로 표현했다. 두 친구는 성향은 달라도 각자 빠져있는 것에 대해 말할 때는 주변 사람도 빨아들이는 집중력을 보인다는 공통점이 있다.

"외할아버지, 얘가 그동안 제가 올 때마다 가져왔던 퍼즐을 준 친구예요."

나는 지수를 외할아버지께 소개시켜 드렸다.

"나와 수학이를 다시 퍼즐의 세계로 빠지게 해준 고마운 친구로구나. 어디 보자, 이러고 있을 때가 아니지."

외할아버지는 지수를 서재로 데려가 소장한 퍼즐 자료들을 기꺼이 보여주셨다. 구겨진 가정통신문이나 과자 껍질 같은 쓰레기만 가득한 내 방에 비하면 외할아버지의 서재는 퍼즐 보물 창고 같았다. 두 사람을 보며 나도 제대로 된 근사한 취미를 갖고 싶다는 생각이 들었다. 내게도 내 방을 취미 생활로 가득 채울 날이 올까?

"와! 이건 제가 정말 갖고 싶었던 책인데, 할아버지가 가지고 계시네요. 어! 이건 저도 있어요."

외할아버지의 퍼즐 컬렉션을 본 지수는 놀라서 눈이

휘둥그레지더니 이내 입이 귀에 걸렸다. 지수도 차원이도 자신이 좋아하는 것을 말할 때는 천진난만한 모습이었다. 나도 무언가에 저렇게 푹 빠져본 적이 있었나 싶어 한편으로 부럽기도 했다.

두 퍼즐 덕후는 서로 어떤 퍼즐을 좋아하고 어떤 자료를 갖고 있으며 어떤 모임을 가봤는지 끊임없이 대화를 주고받았다. 이러다가 친구들에게 내 외할아버지를 빼앗기는 건 아닐지 손자로서 위기감이 들 정도였다. 지수는 자기는 커서 외할아버지처럼 될 것 같다며 세대를 뛰어넘는 브로맨스를 선보였다. 앞으로 재미있는 퍼즐을 찾아 나와 같이 오겠다고 어찌나 애교를 부리는지 꼭 곰이 재롱을 부리는 듯한 모습이었다.

"이건 수학이 외할머니가 내기에 져서 삐친 나를 달래주려고 손수 만든 문제들이란다."

외할아버지는 외할머니가 만든 문제가 적힌 수첩을 건네주셨다. 수첩은 두툼하고 묵직했다. 외할아버지는 첫 장에 적힌 문제를 보며 말씀하셨다.

"신혼 때부터 시작됐을 게다. 내가 퍼즐 내기에 졌는데 새신랑 자존심에 차마 속상하다는 내색은 못 하겠더구

나. 별일 아니라면서도 뚱하게 있으니 네 할머니가 이걸 가져왔단다. 그때가 시작이었지."

오늘 점심 메뉴는 gwhcqgoq입니다.
✱ 지수의 퍼즐노트 224쪽 참조

지수가 문제를 읽었다.

"자, 그날 점심에는 무엇을 먹었을까?"

외할아버지는 지수와 나를 번갈아 봤다. 이로써 지수와 나의 퍼즐 대결이 시작되었다. 하지만 우리 외할머니가 낸 문제이니 내가 먼저 맞추는 게 당연하지 않은가. 괜히 마음이 급해졌다.

"이런 단어가 있나요?"

적어도 내가 아는 단어 중에는 없었다. 그러자 외할아버지께서 힌트를 주셨다.

"이건 한글을 소리 나는 대로 적은 거란다."

"이런 단어 배열은 시저 암호일 확률이 큰 데요. 배열 이동의 규칙성을 찾으면 되겠어요."

퍼즐 덕후 지수는 여유가 넘쳤다. 지수는 알파벳으로

여러 조합을 만들어보는 듯했다.

"kalguksu네요."

"칼, 국, 수?"

나는 지수가 찾은 조합의 알파벳을 발음했다.

"오! 그래 맞아! 그날 메뉴는 칼국수였단다. 어제 무얼 먹었는지는 잊어버려도 오래전 그날 먹었던 점심은 이렇게 기억하게 됐지."

이게 기록의 힘인가? 외할아버지는 새신랑이던 시절로 되돌아가신 듯했다.

"앞으로는 이렇게 외할머니가 만드신 퍼즐을 풀어보는 것도 좋겠는데요?"

지수가 너스레를 떨었다. 외할아버지는 마치 우리 또래가 되신 것 마냥 신나 보였다.

"그것도 좋겠구나. 자, 그럼 다음 문제도 풀어 보렴."

"화인있러보창데지가고한집말요싶봄에고벚어날만놀꽃요."

이번엔 내가 문제를 읽었다.

"이 퍼즐은 언젠가 주말에도 서재에서 회사 일을 하는데 네 할머니가 가지고 왔단다. 단어의 순서를 잘 조합하면 문장을 만들 수 있지."

외할아버지께서 힌트를 주셨다. 이번에는 내가 먼저 맞추고 싶어 눈에 불을 켜고 달려들었다. '벚'과 '꽃'이 보여서 벚꽃이라 생각하고 문장을 유추해 갔다.

"벚꽃, 화창."

단어를 이리저리 조합하며 문장을 만들어봤지만 쉽게 풀리지 않았다. 아무리 들여다 보아도 답을 찾지 못하니 외할아버지께서 또 한 번 힌트를 주셨다.

"다섯 글자씩 띄어 써 보거라."

외할아버지의 말을 따라 나는 핸드폰 메모장에 다섯 글자씩 입력했다.

화인있러보
창데지가고
한집말요싶
봄에고벚어
날만놀꽃요

✳ 지수의 퍼즐노트 225쪽 참조

“아! 찾았어요. ‘화창한 봄날인데 집에만 있지 말고 놀러 가요. 벚꽃 보고 싶어요.’ 맞죠?”

지수가 아깝다는 듯이 두 손으로 머리카락을 쥐어뜯었다. 외할아버지는 내심 나를 응원하셨는지 지수가 맞췄을 때보다 더욱 호탕하게 웃으셨다.

“그래. 이렇게 놀러가자고 하는데 어떻게 집에 있을 수 있겠니. 그래서 밖으로 나갔지.”

외할머니가 만든 퍼즐을 풀며 외할아버지의 이야기를 들으니 마치 시간 여행을 하는 것만 같아 무척 재미있었다.

“이거 재미있다. 이 퍼즐들을 응용해서 나도 새로운 문제를 만들어봐야겠어.”

지수가 수첩에 무언가를 적기 시작했다. 안 그래도 그 안의 내용이 궁금하던 참이라 내가 물었다.

“지수야. 뭘 그렇게 적는 거야?”

“이건 퍼즐 노트야. 내가 풀었거나 풀고 싶거나, 또는 퍼즐 아이디어가 떠오르면 여기 적어 두거든. 내 재산목록 1호야.”

다시 퍼즐에 재미를 붙이니 지수의 노트에 담긴 퍼즐이 궁금했다. 조만간 보여 달라고 해야겠다. 한참을 놀다 보니 어느덧 서쪽 하늘이 발갛게 물들어 가고 있었다.

"시간이 벌써 이렇게 됐네? 이제 그만 집에 가야겠다."

나는 집으로 돌아가기 위해 지수와 함께 외할아버지 댁을 나왔다.

"이렇게 서사가 있는 퍼즐을 푸니 더 재미있다. 너의 외할아버지와 외할머니, 너무 멋진 분들이신데?"

지수가 엄지손가락을 치켜세우며 나를 보고 말했다. 지수의 칭찬에 내 어깨도 덩달아 으쓱해졌다.

"너 이름 바꾸고 싶다는 건 말씀드렸어?"

"아니, 아직."

"아직이라고? 당장 바꿀 것처럼 난리를 치더니, 왜?"

지수는 어이가 없다는 표정이었다.

"야, 그때는 정말 당장 바꾸고 싶었다고."

"그건 나도 알아. 엄청 힘들어했었잖아."

"그런데 여러 의견을 들으면서 생각이 바뀌었어. 거기에는 네 의견도 있었고."

"그래? 그런데 내가 뭐라 그랬지?"

지수는 나와 어떤 대화를 했는지 기억도 못 하는 눈치였다.

"아무튼 외할아버지를 뵈니 나도 궁금하긴 하다. 네 이름을 왜 수학이라고 지으셨는지 말이야. 왠지 네 이름에 어떤 의미가 담겨 있을 것만 같아."

지수의 말을 듣고 보니 나도 내 이름의 한자 정도만 알았지, 그 이름을 지은 배경에 대해서는 제대로 들은 적이 없었다는 걸 깨달았다. 지난번 외할머니 수첩을 보며 여쭤봤을 때는 차원이네가 찾아오는 바람에 이야기가 끊겼던 기억이 났다.

"외할머니 수첩에 내가 세계 수학의 날에 태어났다고 기록되어 있었어. 확실하지는 않지만 혹시 그것 때문은 아닐까? 그날을 기리기 위해 이름을 수학이라고 지으셨을 수도 있잖아."

나는 내 생일에 할머니가 작성하신 일기를 바탕으로 이름을 지은 배경을 추측했다.

"그럴 수도 있겠다. 위트가 있는 퍼즐을 좋아하는 분이시니 말이야. 여쭤보고 나에게도 알려줘."

지수는 오늘도 나에게 질문을 남겼다. 그러고 보니 내 이름은 왜 수학이 되었을까? 다음엔 잊지 말고 꼭 여쭤봐야겠다고 생각했다.

14

엄마의 외출

"엄마, 어디 다녀오셨어요? 막둥이까지 옆집에 맡기시고. 얘가 글씨 연습한 종이가 거실에 널브러져 있길래 제가 치웠어요."

엄마가 돌아오셨다. 엄마는 외출하셨다가도 내가 학교에서 올 때쯤에 항상 돌아오시는 편인데 아무 말씀도 없이 늦게 집에 오시다니, 어딘가 이상했다.

"외할아버지 병원에."

엄마가 짧게 대답하셨다.

"병원? 외할아버지 어디 아프세요?"

엄마는 내 질문에 답은 안 하시고 굳은 표정으로 갈아

입은 옷을 정리하셨다. 그리고는 서둘러 어지러진 집안을 정돈하셨다. 나는 그 뒤를 쫓아다니며 재차 물었다.

"외할아버지 어디 아프세요?"

엄마는 머릿속이 복잡하신지 아무 말씀이 없으셨다. 지난번에 지수와 함께 찾아뵐 때까지만 해도 괜찮으셨는데, 혹시 무슨 일이 생기셨나? 기말고사 끝나면 가보려고 했는데 걱정이 많이 됐다. 답답한 마음에 나도 모르게 목소리가 높아졌다.

"외할아버지가 어떻게 아프시냐고요!"

그러자 나를 물끄러미 바라보는 엄마와 몽글이의 시선이 느껴졌다.

"괜찮아. 그 연세에 비하면 건강하시다니까 너무 걱정 안 해도 돼."

괜찮으시다면 다행이지만 혹시나 내가 걱정할까 봐 적당히 둘러대셨을지도 모른다. 나는 조금 더 확실하게 알고 싶어 물었다.

"그럼 병원에는 왜 갔는데요?"

"얼마 전에 지나가는 말로 요즘 잠을 통 못 주무신다고 하셔서 병원에 한번 가서 검진을 받아보자고 했지. 말도 마라. 병원 가는데도 얼마나 힘들었는지 아니? 다 늙어서 그런 거지 아무렇지도 않은데 왜 가야 하냐고 버티시는 거야. 너도 알잖니, 내가 외할아버지랑 붙으면 영락없이 지는 거. 그래도 이번 만큼은 절대 양보할 수 없어서 모시고 간 거야.”

엄마는 저녁 준비에 마음이 바쁘신지 얼른 부엌으로 향하셨다.

“그래서 의사 선생님이 뭐래요?”

나는 계속 엄마를 따라다니며 물었다. 엄마는 냉장고를 열어 안의 내용물을 훑어보시며 말씀하셨다.

“오늘은 몇 가지 검사만 했어. 결과는 다음에 알려준대.”

“엄마가 보기엔 어때요?”

“글쎄……. 외할머니가 돌아가신 뒤로 부쩍 늙으신 것 같아 속상하네.”

엄마는 냉장고 문을 닫으시며 나를 바라봤다.

“그래도 너 이야기 하실 땐 정말 좋아하시더라. 시험 끝나면 또 올 거라고 말씀드리니 그제야 웃으셨어. 고마워, 수학아.”

내 말은 늘 건성으로 듣는 것 같던 엄마의 갑작스러운

고백에 심장이 쿵 내려앉았다. 나는 그저 이름을 바꾸고 싶다는 마음에 찾아뵈었던 것뿐이었다. 그런 내가 고맙다는 말을 들을 자격이 있을까? 나는 말없이 분주하게 저녁을 준비하는 엄마를 바라봤다. 오늘 많이 힘드셨는지 왠지 모르게 어깨가 처진 듯 보였다. 나는 기말고사를 잘 봐서 좋은 성적을 가지고 외할아버지를 만나러 가야겠다고 다짐했다. 쌀을 씻으시던 엄마가 갑자기 생각이 났다는 듯 말씀하셨다.

"그나저나 너 개명은 어떻게 됐니? 아직 허락 못 받았어? 외할아버지는 아무 말씀 안 하시던데."

"생각 중이에요. 정리되면 말씀 드릴게요."

나는 수학에 대한 내 생각이 짧았다는 사실을 깨달았기 때문에 이름을 바꾸지 않기로 마음먹었다. 하지만 이를 솔직하게 털어놓자니 소리까지 지르며 이름을 바꿔 달라고 난리를 피웠던 지난날이 떠올라 차마 입이 떨어지지 않았다. 그러한 내 마음을 눈치챘는지 어느 틈에 다가온 몽글이가 나를 다독이듯 다리를 핥아 주었다.

15

결정

시험이 끝나자마자 한동안 찾아뵙지 못했던 외할아버지 댁으로 냉큼 달려왔다. 때마침 차원이도 아버지와 둘레길을 걷는다며 들렀다. 차원이 아버지는 나를 보시더니 차원이에게 무어라 속삭이신 후 외할아버지께 말씀하셨다.

"오늘은 저희 둘이 산책을 다녀올까요? 산책하면 잠도 잘 주무실 거예요."

외할아버지의 건강이 예전 같지 않다는 소식을 들으셨는지 함께 운동을 하자고 청하셨다. 고마운 분이다. 아버지와의 시간을 기꺼이 양보해 준 차원이도 고마웠다. 두 분은 산책길에 나서고 나는 지난번 지수와 했던 것처럼 외할머니 수첩을 가져와 차원이와 함께 퍼즐을 풀었다.

"너희 외할머니도 참 대단하신 분이셨구나."

차원이 또한 외할머니의 재치 넘치는 퍼즐을 마음에 들어 했다.

"너희 외할머니가 사준 책이 내 첫 퍼즐 책이 된 순간 우리의 인연도 시작된 셈이긴 하네. 외할머니는 어떤 분이셨어?"

나는 차원이에게 외할머니와의 일화를 하나도 빠짐없이 말해주었다. 차원이 또한 내 이야기를 경청해 주었다. 오랜만에 말을 많이 해서 그런지 배가 출출해졌다.

"라면 어때?"

"좋지. 우리 엄마는 인스턴트라고 먹지 말라시거든? 그런데 그 맛있는 걸 어떻게 참냐고. 그래서 학원 대기 시간에는 편의점에서 라면만 먹는다니까?"

"이것도 라면을 연구한 사람들이 만든 건데, 해롭기야 하겠어?"

차원이는 늘 고차원적 얘기만 해서 이야기를 따라가기가 조금 벅찼는데 음식을 앞에 두니 이제야 나와 같은 차원에 있다는 게 느껴졌다. 차원이와 나 사이에 라면 동지 애가 생겼다.

"면발은 어떤 걸 좋아해? 꼬들? 통통?"

누군가와 라면을 같이 끓여 먹는다면 면발의 익힘 정도
는 아주 중요한 요소다.

"나는 통통. 더 많이 먹을 수 있잖아."

"차원이 너, 먹을 줄 아는구나? 아니면 설마 통통한 면
발을 좋아하는 이유가 같은 값이면 부피를 늘리는 게 좋
아서 그런 건 아니지? 너 라면 먹을 때 혹시 면발의 부피
도 구하냐?"

내 썰렁한 농담에 차원이가 눈물까지 흘려가며 웃었다.
엉뚱한 데서 웃음 버튼이 눌리는 차원이의 리액션이 재미
있었다.

"그나저나 벌써 두 시네. 외할아버지랑 너희 아버지도
슬슬 오실 때가 된 거 같은데."

두 분의 산책이 생각보다 길어지는 듯했다.

"아마 둘레길 입구 파전집에서 계실 거야. 나도 늘 거기
서 밥을 먹었거든."

차원이가 말했다. 우리는 냄비에서 각자 라면을 덜어
먹으며 이야기를 나누기 시작했다.

“우리 처음 만났을 때 기억나?”

“당연하지. 네가 뭉치랑 같이 있어서 아, 또 하나 늘었구나, 싶었거든.”

“뭉치? 그 아이를 넌 뭉치라고 불러?”

그러고 보니 뭉치라는 이름은 지수하고만 공유하고 있다는 걸 알게 됐다. 나는 후루룩 라면을 먹으며 차원이의 말에 대답했다.

“응. 그때 나랑 같이 있던 덩치 큰 아이 알지? 걔는 내 친구 지수인데, 우리는 그 아이를 뭉치라고 불러. 사고뭉치를 줄여서 뭉치.”

“그렇구나. 나도 그날 걔가 네 이름으로 장난치는 거 보고 당황했어. 말려야 하나, 아니면 모른 척해야 하나. 머릿속이 복잡하더라. 사실 나도 그런 상황이 익숙하거든.”

“왜?”

그런 상황이 뭐가 익숙하다는 걸까? 차원이의 말에 궁금증이 일었다.

“이전 학교에서 애들이 나를 좀 싫어했어.”

차원이는 라면을 먹으며 말을 이어갔다.

“좋게 말해서 전학이지, 사실은 날 괴롭히는 애들을 피

해 온 거야. 난 그저 수학이 재밌어서, 이게 왜 재미있는지 말하고 싶었던 건데 다들 내가 잘난 척한다고 생각했나 봐. 조금씩 소외되는 느낌이 들기 시작하더니 결국 관계가 틀어지더라고. 내가 눈치가 없어서 괴롭히는 거라고는 생각도 못 했어."

차원이는 그 일이 아직 마음의 상처로 남아있는지 말하면서도 여러 번 머뭇거렸다.

"사람들은 내가 수학의 언어를 잘 표현한다고 신기하게 보지만 난 사람들에게 내 생각을 표현하는 게 어려워. 사람들은 사실을 말해주는 것보다 감정을 읽어주었으면 하잖아? 그런데 난 그 점이 약해. 친구들과도 오해가 쌓이기 시작하니 걷잡을 수 없이 점점 커지더라고. 무시하는 게 아니었는데 내 의도를 왜곡해서 몰아갔어. 아니라고 해도 들으려 하지 않더라. 결국 변명 한 번 해보지 못하고 여기로 전학온 거야."

이렇게 뛰어나고 완벽한 아이는 어떤 문제가 닥쳐도 척척 풀어낼 줄 알았다. 하지만 가까이에서 보니 그 나름의 어려움을 갖고 있었다. 나와 결이 다른 문제지만 차원이가 얼마나 힘들었을지 공감이 됐다. 친구 문제를 또래에게 솔직하게 털어놓기란 쉬운 일이 아니다. 그만큼 나에게 마음을 열고 나를 가까운 친구로 여긴다는 걸 알 수 있었다. 그래서 나도 차원이에게 마음을 열기로 했다.

"내가 지난번에 너 처음 만난 날 뜬금없이 했던 질문 기억나?"

"수학이 뭐냐는 질문? 기억나지. 그 외할아버지에 외손자라고 생각했었는데."

차원이는 라면을 후후 불며 내 말에 대답했다.

"사실 그거 내 이름 때문이야. 내 이름이 정말 싫어서 바꾸려고 했었거든."

"수학이라는 이름을 바꾸려고 했다고? 왜?"

차원이는 내 이름에 대한 고민을 들었을 때의 지수와 똑같은 반응을 보였다. 수학이라는 이름이 왜 문제가 되는지 알 수 없단 표정이었다.

"이름이 백수학이잖아. 애들이 내 시험 점수를 보고 이름값도 못 한다고 장난을 칠 때마다 스트레스가 쌓이더라고. 수학 100점 맞으려고 이름을 그렇게 지었냐고 하는 말도 마음에 걸렸고. 처음에는 괜찮았는데 자꾸 듣다 보니 신경이 쓰이는 거야. 내가 예민해서 사람들 농담에 너무 옹졸하게 대응하는 건가 싶어서 조금 답답했어. 초등학교 때는 수학을 잘해서 크게 신경이 안 쓰였거든? 그런데 중학생이 되니 공부를 열심히 해도 100점은커녕 점수가 너무 안 나오는 거야. 애들 장난이 거슬리는 이유도 부족한 내 실력 때문이라고 자책하게 되니까 이럴 바엔 그냥 이름을 바꾸는 게 낫겠더라고."

난 차원이를 만나기 전까지의 상황을 차분하게 설명해 줬다.

"그래? 전혀 몰랐었네. 야, 그런데 잠깐. 이름을 바꾸려고 했었다고? 와, 완전 소름!"

내 설명을 듣던 차원이가 갑자기 자기 팔을 쓰다듬으며 말했다.

"갑자기 웬 소름?"

나는 뜬금없는 차원이의 반응에 어리둥절해서 물었다.

"사실 나도 이름 바꿨거든. 우리 정말 공통점이 많네."

차원이가 말을 이어 나갔다.

"이 학교로 오면서 새출발하려고 개명한 거야. 새로운 인생을 위해 포맷한 셈이지. 이 이름은 날 속상하게 만든 친구들과는 다른 차원에서 살아가라는 의미로 아버지께서 새로 지어주셨어. 그래서 이름을 바꾸기 위한 백만 가지 이유를 찾는 심정을 너무 잘 알아.”

“너에게 그런 일이 있었어?”

차원이가 이름을 바꿨다는 이야기를 들으니 마음의 거리가 더 가까워지는 듯했다. 차원이와는 여러모로 공통점이 많았다. 문득 서로 다른 시대에 같은 운명의 패턴이 나타난다는 평행이론에 대해서도 떠올랐다. 평행이론이 같은 시대에도 적용이 되는 거였나?

“외할아버지 댁에는 이름을 바꿔 달라는 허락을 받으러 오기 시작한 거야. 이름을 지어주신 분이 외할아버지거든. 그러다 너를 만난 거지.”

“그럼, 허락은 받은 거야? 지금은 어떻게 됐어?”

“아니, 아직. 여기 오고 나서부터 나도 정말로 이름을 바꾸는 게 맞는지 아닌지 열심히 생각했어. 그런데 이 고민은 과연 수학이 무엇인지 알아야 풀리겠더라고. 나는 그동안 수학은 시험을 보기 위한 과목 정도로만 생각했거든. 그래서 성적이 부담되니까 이름도 버겁게 느껴진 게 아니었나 싶기도 해. 그런데 지수랑 너, 그리고 수학 선생님까지 각자 다른 시선으로 수학을 말하는 걸 듣고 지금은 생각이 완전히 바뀌었어. 내 이름이 너무 무거웠던 이유는 수학의 뜻을 너무 좁게 생각했기 때문이었어. 그걸 깨닫고 나니까 왜 그렇게 이름에 집착했나 싶더라. 사람이 참 간사하지? 생각이 바뀌니까 똑같이 놀려도 예전만큼 흔들리지 않게 되더라고."

나는 그동안의 사연과 정리된 내 생각을 차분히 설명했다. 내 말을 들은 차원이는 젓가락을 내려놓으며 물었다.

"그럼 이름은 바꾸지 않기로 한 거야?"

"응. 재밌는 건 외할아버지께 말씀드리기도 전에 내 생각이 정리되었다는 점이야. 웃기지 않냐? 심지어 외할아버지는 이런 상황을 전혀 모르시잖아."

나도 젓가락을 내려놓으며 이 모든 상황이 재밌다는 표정으로 차원이를 바라봤다.

"너의 결정을 존중해. 나는 이름을 바꿔서 만족했지만 이름을 바꾸지 않겠다는 네 생각도 맞다고 생각해. 내가 뭐 대단한 사람은 아니지만 너에 대한 내 생각을 말해본다면……."

차원이는 물을 한 컵 마시고 말을 이어갔다.

“다들 이름은 당연하게 주어지는 거라 생각해. 그래서 자기 이름을 탐구하는 사람은 그리 많지 않아. 하지만 넌 그런 이름조차도 탐구하고 있잖아? 그런 태도를 가진 너에게 수학은 가장 적합한 이름이란 생각이 들어.”

“라면값치고는 너무 과한 덕담인 것 같은데?”

차원이의 말은 수학 선생님이 말씀해 주신 수학의 의미와 맞닿아 있었다. 이렇게 수학을 잘하는 친구가 내 이름을 인정해 주다니, 아마도 나는 제대로 된 답을 찾았는지도 모르겠다. 다 먹은 그릇을 치우려고 하는데 차원이가 내 뒤를 보며 놀라는 표정을 지었다.

“어? 언제 오셨어요?”

뒤를 돌아보니 외할아버지가 서 계셨다. 언제 오셨지? 설마 내가 한 말을 들으셨을까? 하지만 나를 바라보는 외할아버지의 표정은 도통 가늠할 길이 없었다. 산책이 고되셨나 싶어 안색을 살피는데 고차원의 아버지께서 먹을 것을 가지고 들어오셨다.

“배고플까 봐 먹을 걸 사 왔는데, 알아서 점심을 잘 차려 먹었구나! 녀석들, 이젠 다 컸네?”

외할아버지 댁은 과거의 인연과 현재의 이야기로 다시

떠들썩해졌다. 하지만 나는 외할아버지께서 내 말을 들으셨는지 신경이 계속 쓰였다.

떠들썩해졌다. 하지만 나는 외할아버지께서 내 말을 들으셨는지 신경이 계속 쓰였다.

16

지수, 차원, 그리고 뭉치

점심시간에 차원이가 우리 반으로 왔다. 우리 셋이 함께 만나는 건 처음이었다.

"둘이 인사해."

나는 뒤로 살짝 빠졌다.

"안녕? 난 차지수라고 해. 우리 구면이지? 오며 가며 보긴 했지만 제대로 인사하는 건 처음이네. 수학이 통해 얘기를 많이 들었더니 오래전부터 알던 사이 같다. 애네 외할아버지 댁 패턴은 나도 가서 봤거든? 정말 흥미롭더라."

지수가 먼저 인사를 건넸다.

"난 고차원이야. 지난번에 친구들이 수학이를 놀릴 때

막아주는 거 멋있더라. 보고 나도 네 팬이 되었어. 이제 나도 지켜주려나? 하하하. 퍼즐도 좋아한다면서?”

내 예상대로 둘이 친해지기까지 그리 오랜 시간이 걸리지는 않았다. 나 수학, 지수, 차원, 이렇게 셋은 한 몸처럼 돌아다녔다.

“차원은 공간을 넓히고 지수는 수치를 폭발시키니까 수학적 케미가 터지려면 우리 셋이 같이 있어야 되겠지?”

“차원이는 움직이는 건 나지. 내가 1이면 얘는 그냥 평면이라고.”

“지수의 의리는 기하급수적으로 커지거든?”

“크흠, 나는 차수, 지수 둘 다 된다, 이 말이야.”

우린 만날 때마다 이름으로 수학과 관련된 농담을 만들고는 킬킬거렸다. 차원이와 있으면 풀리지 않던 수학 문제가 풀려 신이 났고 지수와 있으면 막막했던 퍼즐이 풀려 재미있었다. 수많은 아이들 속에서 나와 딱 맞는 친구를 찾기 쉽지 않은데 그러고 보면 나는 운이 좋다. 이 또한 수학이라는 내 이름 덕분이라 생각한다. 만일 바꿨으면 어땠을까? 생각만 해도 아찔했다.

셋 다 운동장에서 뛰는 대신 앉아서 수다를 떠는 걸 좋아하는 점도 잘 맞았다. 그래서 점심시간마다 운동장을 차지하기 위한 기싸움에 불필요한 에너지를 쓸 필요가 없었다. 꼭 운동장에서 뛰어놀며 근육을 단련시켜야만 남자답게 크는 건 아니니 말이다.

우리는 진지한 수다를 통해 보이지 않은 생각의 근육을 만들어갔다. 학교에 우리 같은 아이들이 수다를 떨만한 적당한 장소가 부족하다는 건 조금 아쉽다. 편안한 소파에서 자유롭게 이야기를 나눌 수 있는 위클래스 상담실은 상담하러 온 아이들로 발 디딜 틈이 없었고 복도는 아이들이 내는 소음을 뚫고 대화를 해야 하니 목이 금방 쉰다. 학교 구석의 계단은 남들 눈에 띄지 않아 좋지만 바닥에 좀 앉을라치면 찬 기운이 올라와 곧바로 다시 일어서야 한다. 계단을 오르내리는 아이들의 불편한 눈치와 먼지는 덤이다.

여기저기 돌다가 학교 도서실의 구석 자리를 겨우 찾았다. 하지만 그곳을 차지하려면 아이들이 점심을 먹고 몰려오기 전에 가야 했다. 그래서 점심 먹는 시간을 뒤로 미룰 수 밖에 없었다. 그래도 대화를 나누기에는 더할 나위 없었다. 하지만 그곳도 얼마 가지 못했다.

“선생님! 재네가 떠들어서 책 못 읽겠어요!”

뭉치는 책을 읽지도 않으면서 우리가 모이기만 하면 사서 선생님께 부풀려서 일렀다. 뭉치는 매번 우리 주변을 맴돌았다.

“이곳은 책을 읽는 곳입니다. 소란스럽게 하는 학생은 3회 이상 발견 시 담임 선생님과 학년 부장에게 말씀드려 적절한 지도를 받도록 하겠습니다.”

결국 뭉치 탓에 우리는 도서관 출입도 금지되었다. 우리에게는 새 아지트가 필요했다.

“이제 어디로 가냐?”

멘붕이 된 우리는 새로운 장소를 물색하기 위해 애썼지만 헛수고였다. 그러다 우연한 기회에 이야기하기에 안성맞춤인 곳을 발견했다. 바로 우리와는 전혀 인연이 없어 보이는 체육관이었다.

우리 학교는 아이들만 체육관에 남아있는 것을 금지한다. 따라서 점심시간에 체육관을 이용하려면 반드시 체육 선생님의 허락을 미리 받아야 한다. 그러면 누구나 이용할 수 있다. 하지만 체육관은 대부분 비어 있었다. 할 일이 눈앞에 닥쳐야 움직이는 중학생들에게는 그 조건을

지키기가 생각보다 쉽지 않기 때문이었다. 묵직한 출입문은 늘 양쪽 손잡이가 와이어에 감긴 채 자물쇠가 채워져 있었다.

그래서 그날도 당연히 체육관 문이 잠겨있을 줄 알았다. 무심코 체육관 문에 기대섰는데 스르륵 뒤로 밀리는 것이 아닌가! 문을 대충 잠갔는지 와이어가 한쪽에만 걸려 있었다. 체육이라면 질색하는 우리 셋에게 마음 놓고 수다를 떨라는 아량을 베풀기라도 하듯 체육관은 우리를 맞아주었다. 나는 얼떨결에 체육관 안으로 들어갔다.

"대박! 이렇게 쉽게 열린다고?"

"여기가 원래 이렇게 넓었었나?"

차원과 지수도 누가 볼까 주변을 살피면서 체육관으로 들어섰다.

"여기 열린 거 알면 체육쌤이 어떤 표정일지 진짜 궁금하다."

자기 이름을 맨날 헷갈려 한다고 체육 선생님을 별로 좋아하지 않는 지수는 체육관의 금기를 깨는 이 순간이 매우 통쾌한 듯 보였다.

"이거, 이거, 이거, 님들, 이러시면 안 돼요. 체육쌤이 우리 반 담임쌤이라 내가 잘 아는데 겉으로는 무뚝뚝해 보여도 속은 엄청 여리시단 말이야. 쌤 말씀 안 들으면 무척 슬퍼하신다고."

차원이는 담임 선생님 말씀을 어기는 게 부담스러웠는지 지수와 내 뒤를 따라 마지못해 체육관으로 들어섰다. 그래도 벽면의 큰 창으로 평행하게 들어오는 햇빛을 물끄러미 바라보면서 한마디 했다.

"체육관에서는 먼지들도 운동을 하네."

빛이 난반사되는 먼지를 보며 차원이가 던진 재치 있는 농담 하나에 긴장감은 눈 녹듯 사라졌다. 그때부터 비어 있는 체육관에서 우리만의 유희가 시작되었다.

"쉿! 소리가 울리니 목소리는 작게 해야 해."

성격이 소심한 내가 말했다.

"맨날 다른 반 아이들과 같이 수업할 때는 몰랐는데 아무도 없으니까 되게 넓네."

서른 명이 넘는 학생들을 위한 작은 책상이 옹기종기 모여있는 곳에서 생활하다가 잠시나마 이렇게 큰 공간을 독점하니 묘한 쾌감이 들었다. 어차피 이 밀회가 오래가지 못할 테니 즐길 만큼 즐겨 보자는 생각이 서로 통했다고 해야 하나? 우리는 각자가 하고 싶은 대로 빈 체육관을 탐험하기 시작했다.

지수와 나는 농구 수행평가 때 배웠던 슛동작을 해보기도 하고 오징어 게임을 하듯 바닥에 그려진 라인을 따라 한 명이 움직이면 다른 한 명이 따라잡는 게임을 즉흥적으로 만들어 냈다. 뛰다가 갑자기 멈출 때 실내화의 고무 바닥과 마룻바닥이 마찰하는 소리가 재미있어 조용히 해야 한다는 것도 잊고 뻑뻑 소리로 리듬을 만들기도 했다.

빈 체육관을 만끽하던 지수와 나와는 달리 한참 체육관을 둘러보던 차원이는 갑자기 성큼성큼 단상 위로 올라갔다. 그곳은 축제 때 장기 자랑을 하는 무대였다. 차원이는 춤을 추거나 노래를 하는 대신 구석에 세워져 있던 화이트보드를 끌고 왔다. 그리고는 체육 시간에 측정한 학생들의 기록이 잔뜩 적힌 화이트보드 구석의 빈 여백에 뭔가를 그렸다. 지수와 나는 차원이 곁으로 다가갔다. 화이트보드에는 체육관 바닥에 있는 농구장 라인이 그려져 있었다. 차원이는 작전 지시를 내리려는 감독처럼 보였다. 지수가 물었다.

“농구하자고? 우리 지금 세 명인데?”

"그게 아니라. 농구장 바닥을 보니 갑자기 퍼즐을 만들면 좋겠다고 생각해서."

"어? 퍼즐은 내 전문인데."

차원이의 말에 지수가 관심을 보였다. 농구장 바닥을 보고 퍼즐을 생각하는 사람이 이 세상에 몇 명이나 될까? 나는 차원이의 고차원적 접근에 또다시 두 손을 들 수밖에 없었다.

"먼저 각 구역을 부르기 편하게 나눌게."

차원이는 머릿속에 떠오른 생각이 달아나기 전에 쓰려는 듯 각 영역에 빠른 속도로 이름을 적었다.

"그리고?"

퍼즐 문제라면 자신 있는 지수가 적극적으로 나섰다.

"자, 봐봐. 영역이 총 몇 개지?"

"하프라인을 중심으로 왼쪽 오른쪽 각각 여섯 개야."

차원이의 질문에 내가 대답했다.

"1부터 12까지의 숫자를 한 번씩만 사용해서 각 영역을 채우되 하프라인을 기준으로 왼쪽과 오른쪽의 합이 같도록 만들 수 있겠어?"

"조건은 그거 하나야?"

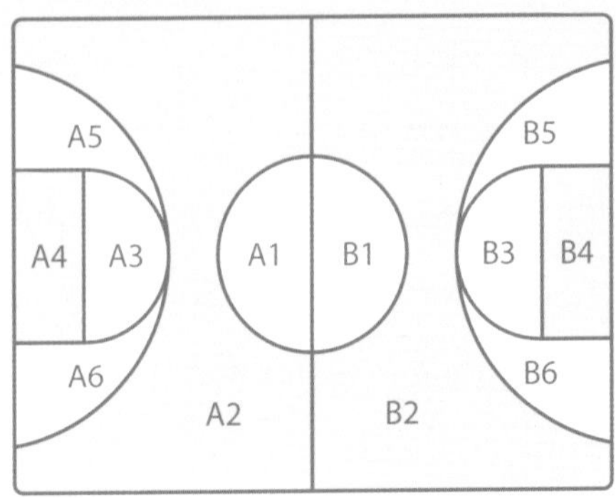

지수의 눈빛이 달라졌다. 차원이는 곰곰이 생각해 보더니 이내 입을 열었다.

"일단은."

"일일이 대입하려면 시간이 많이 걸리지 않나?"

나는 어디서부터 풀어야 할지 감이 서지 않았다.

"먼저 1부터 12까지의 합을 생각해 봐야겠지?"

지수가 퍼즐 풀이의 방향을 제시해 주었다.

"1부터 12까지의 숫자에서 1+12, 2+11, 3+10, 4+9, 5+8, 6+7은 그 합이 모두 13이야. 13이 여섯 쌍 있으니 모두 더하면 78이 되지. 그런데 양쪽 영역의 합이 같아야 하잖아? 그렇다면 한쪽 영역에 그 합이 78을 나눈 39가 되도록 숫자를 찾아 적으면 돼.”

공부는 몰라도 퍼즐이라면 밀리지 않는 지수가 말했다. 지수의 말을 듣고 보니 지난번 차원이가 외할아버지 댁 담벼락의 벽돌 수를 헤아리기 위해 알려준 방법과 같은 원리라는 걸 알 수 있었다.

“결국 각각의 쌍의 합은 모두 13이니까 세 쌍을 양쪽에 골라 적으면 되겠네.”

지수가 찾아낸 여섯 쌍을 보니 양쪽으로 세 쌍씩 넣는 건 나도 할 수 있을 거 같았다. 역시 외할아버지 댁에 다니면서 몇 번 퍼즐을 풀어본 경험이 도움이 됐다.

“조합은 여러 개가 나올 수 있어.”

지수는 차원이가 들고 있는 보드마카를 뺏어 나올 수 있는 조합을 적어 내려갔다. 그 모습을 본 차원이가 말했다.

“제법인데?”

“그럼 문제를 이렇게 변형해 보면 어때?”

지수가 다음 문제를 말하려던 그때였다. 체육관 문이 열리더니 천둥같은 소리가 들렸다.

“이놈들! 거기서 뭐 해?”

역광으로 비치는 실루엣은 누가 봐도 지수가 싫어하는 체육 선생님이었다. 그리고 그 뒤에는 뭉치가 있었다. 우리는 후다닥 단상에서 내려와 체육 선생님 앞에 섰다. 체육 선생님은 입으로 불을 뿜으셨다. 차원이가 자기 담임 선생님께 최선을 다해 애교를 부린 덕에 그나마 길게 혼나지 않을 수 있었다. 체육 선생님께 지도를 받고 돌아서는데 뭉치가 우리 앞을 가로막았다.

"야! 백수학! 넌 이제 내 친구까지 빼앗아 가냐?"

뭉치의 말에는 가시가 있었다. 차원이를 두고 뭉치와 나 사이에 긴장감이 흘렀다. 그러자 차원이가 나의 눈치를 살피며 뭉치를 달랬다.

"그런 말이 어딨냐? 우리는 학원에서 잘 지내잖아."

"차원이 너도 요즘 나보다 이 녀석이랑 지내는 시간이 더 많은 거 같다? 전학 와서 혼자 있을 때 누가 네 옆에 있어 줬는지 잊으면 안 되지."

뭉치는 차원이에게도 날을 세웠다.

"하하하. 그건 지금도 고맙게 생각해. 그렇지만 내가 태어날 때 처음 본 대상을 엄마로 인지하고 졸졸 따라다니는 오리는 아니잖아. 먼저 만나서 친해지는 사람도 있지만 살다 보면 이런저런 이유로 아는 사람들이 늘기 마련이야. 진정한 친구라면 자기 친구가 더 잘 맞는 사람들이랑 만나서 성장한다면 축하해줘야지. 그 친구가 더 많은 사람을 사귀게 되면 결국 자기도 아는 사람이 많아져 세계가 넓어지니까. 옹졸하게 친구를 독점하려고 하면 누가 그 사람과 친하게 지내려고 하겠어? 너도 만날 수학이 주변만 맴돌지 말고 더 다양하게 친구를 사귀어봐. 그래야 너랑 친구인 내 세상도 더 넓어지지. 안 그래?"

차원이는 노여운 기색 없이 차분하게 논리적으로 이야기했다. 말 그대로 말로 뼈를 때리는 모습이었다. 내가 보기에 뭉치는 차원이의 상대가 되지 않았다. 결국 뭉치는 입을 삐죽이더니 그 자리를 떠났다.

"하하하. 완전 통쾌해."

우리 셋 사이의 관계에 개입하지 않던 지수는 뭉치가 돌아가는 모습을 보며 뭐가 그리 통쾌한지 연신 웃어댔다. 그러나 친구와 소통 문제를 겪었던 차원이는 뭉치를 몰아세우지는 않았다.

"너무 그러지 마. 저 녀석도 나처럼 자신의 감정을 표현하는 게 서툴러서 그렇지 마음이 약한 구석도 있어."

어쨌든 앞으로 뭉치가 차원이에게 섣불리 심통을 부리지는 않을 듯싶다. 나도 처음에 저랬어야 했나? 이런 생각을 하다가도 친한 친구 하나 없이 여기저기 시비를 걸고 다니는 뭉치가 안쓰럽기도 했다. 관계란 혼자 맺는 게 아니다. 뭉치와의 사이가 틀어진 이유에는 친구를 이해하겠다며 옳지 않은 태도를 참아주기만 했던 내 방식에도 문제가 있었다는 생각이 들었다. 동시에 착한 것과 사람을 대하는 기준이 없는 건 다르니 뭉치의 방식이 옳지 않다고 알려주라던 지수의 말도 떠올랐다.

'뭐야, 백수학. 한 가지만 해.'

뭉치에 대한 감정은 여전히 복잡했다. 마음을 다잡을 필요가 있었다.

"그나저나 우리 이제 어디로 가야 되냐?"

차원이가 말했다.

어디가 좋을지 궁리하던 우리 셋은 거의 동시에 같은 곳의 이름을 외쳤다.

"외할아버지 댁으로 가자!"

모두가 같은 곳을 떠올렸다는 사실이 재미있어 깔깔 웃었다.

“내가 책임지고 성사시킬게.”

내 각오와 함께 우리 셋은 다음번 만남을 약속했다.

5장

이름의 증명

17

외할머니의 유산

오늘따라 외할아버지는 유독 나에게 하고 싶은 말이 있다는 시선을 보내셨다.

"수학아! 나에게 할 말 없니?"

안 그래도 이곳에서 친구들과 모이고 싶다고 말씀드리려던 참이었다. 도대체 어떻게 아셨을까? 나는 지난번 우리 셋이 의견을 모은 걸 여쭤봤다.

"외할아버지, 제 친구 지수와 차원이 아시죠? 혹시 외할아버지댁에서 같이 놀아도 되나요?"

"오! 셋이 친구가 됐니? 나야 언제든 대환영이지."

외할아버지도 흔쾌히 허락해 주셨다.

"아무리 그래도 저보다 걔네를 더 좋아하시면 안 돼요."

"하하. 걱정하지 말거라. 그런데 그거 말고 다른 할 말은 없는 게야?"

나는 외할아버지가 하신 말뜻을 정확하게 이해하지 못했다. 눈치를 살피느라 눈만 데굴데굴 굴리고 있으니 외할아버지께서 내 기분을 살피듯 조심스레 말을 꺼내셨다.

"지난번에 네가 차원이에게 하는 말을 우연히 들었는데 말이다."

"아, 그거요……."

역시 그날 외할아버지는 나와 차원이 대화를 들으셨나 보다. 이름을 바꾸려고 했던 사실 때문에 외할아버지가 언짢으셨을까봐 심장이 쪼그라드는 듯한 느낌이 들었다.

"네가 이름 때문에 그렇게 고민을 하는지 미처 몰랐구나. 그 마음을 헤아리지 못해 미안하다."

"아니에요, 외할아버지. 무슨 그런 말씀을 하세요. 그냥 제가 생각이 짧았을 뿐이에요."

외할아버지는 내 걱정과는 정반대의 말씀을 하셨다. 그래서 나는 차마 외할아버지의 눈을 똑바로 바라볼 수가 없었다.

“그동안 네가 했던 고민에 대해 말해줄 수 있겠니?”

난 차원이에게 말했던 것처럼 이름에 대한 고민부터 그 고민과 함께 나에게 던져졌던 질문, 그리고 내가 얻은 답을 차분히 말씀드렸다. 외할아버지는 긴 이야기를 경청해 주셨다.

“어른들은 시험 점수가 떨어지면 당장의 점수가 좋지 않더라도 공부를 포기하지 말라고 하는데요. 솔직히 말씀드리면 저는 그 말이 와닿지 않아요. 저에게 시험 점수는 게임에서 레벨 업하듯 올려야 되는 거였어요. 학원에서도 시험 점수에 따라 반이 달라지거든요. 그러니까 점수만 잘 나오면 장땡이에요. 시험이 쉬워서 그랬든 찍어서 그랬든 점수만 높으면 되는 거죠. 아는 문제인데 실수로 틀렸다거나 답을 밀려서 썼다는 변명을 안 해도 되고 기분도 좋잖아요. 그래서 저한테 수학은 시험 점수가 전부였어요.”

“우리 수학이가 수학에 대해 하고 싶은 말이 많았구나.”

“요즘은 초등학교 때부터 대입 준비를 해요. 중학생인 제가 봐도 그건 아닌 것 같은데, 다들 그렇게 하니 안 할 수도 없어요. 양옆이 가로막혀 중간에 내릴 수도 없는, 끝도 없는 무빙워크 위를 계속 걷고 있는 것만 같아요. 마치 최면에 걸린 사람들처럼요."

"하지만 무빙워크에 타고 있다는 사실을 깨달았다는 건 이미 최면에서 깨어났다는 뜻이겠지."

나는 외할아버지를 찾아뵙기 전까지는 수학 점수에 연연할 수밖에 없는 이 상황이 무척 답답했었다. 외할아버지께서 나의 고백을 진지하게 들어주시고 공감해 주시니 내 마음을 더 솔직하게 고백할 수 있는 용기가 났다. 그래서 친구들에게 하지 못했던 이야기까지 모두 털어놓았다.

"해결할 방법이 없으니 무기력해졌어요. 자신만의 길을 고집해서 결국 세상의 주목을 받은 사람들은 많지만 전 그냥 완전 평범한 학생이잖아요. 그냥 남들 하는 대로 발맞춰서 따라가는 수밖에 없어요.

그러다 보니 시험 잘 볼 요령만 찾게 되더라고요. 넓게 공부하는 게 아니라 시험에 나올 내용만 공부하고, 개념을 깊게 이해하는 대신 당장 점수를 올릴 수 있는 공부만 하게 됐어요. 비슷한 문제만 반복해서 풀다 보니 복사한 듯 똑같은 문제가 아니면 또 틀려요. 이건 제대로 공부한 게 아니잖아요? 그런데도 이 악순환을 끊을 수가 없더라고요.

망했다는 생각 때문에 왜 그렇게 공부했나 후회하고. 다른 아이들은 잘하고 있는 것 같은데 나만 안 되는 것 같아 초조하고. 여기에 친구들까지 이름으로 저를 놀리니 감당하기 너무 힘들어서 이름을 바꾸고 싶었어요.”

이야기를 하다 보니 이름을 바꾸고 싶을 정도로 절박했던 그때의 심정이 다시 떠올랐다.

“우리 손자가 이름 때문에 그렇게 괴로워했다니, 정말 몰랐구나.”

외할아버지는 안타까운 표정으로 나를 바라보셨다. 하지만 나는 속에 있는 말을 다 털어놓으니 갓 허물을 벗은 나비가 된 듯 마음이 가벼워졌다.

“하지만 이젠 아니에요. 외할아버지, 지수, 차원이 그리고 수학 선생님과 차원이 아버지 덕분에 제 고민에 대한 답을 찾아가고 있어요. 그리고 제가 생각이 짧았다는 사실을 깨달았구요. 이제는 제 이름이 부담스럽지 않아요. 친구들이 놀리는 것도 별로 신경 쓰이지 않고요. 더구나 요즘은 수학을 좋아하는 친구들이랑 지내다 보니 저도 다시 수학이 좋아지고 있어요. 그래서 지금 위치에서 한 단계 더 성장해 보려고요. 또 외할아버지와 퍼즐을 풀어내면서 자신감도 조금씩 돌아오고 있고요. 그래서 이제는 이름을 바꿀 필요가 없다고 생각해서 말씀드리지 않았을 뿐이에요.”

외할아버지는 내 말에 고개를 끄덕이셨다. 외할아버지께 고백하는 순간 나는 이 길고 길었던 여정의 끝이 보이는 듯한 느낌을 받을 수 있었다.

“그런데 궁금한 건 있어요.”

지금이야말로 계속 궁금했지만 타이밍을 놓쳐 물어보지 못했던 질문을 할 때였다. 그건 지수와 차원이도 궁금해하는 질문이기도 하다.

“제 이름은 닦을 수, 배울 학이잖아요. 왜 제 이름을 수학이라고 지어주셨어요? 제가 태어난 날이 세계 수학의 날이라 그렇게 지은 거예요?”

이름을 바꾸기 위해 시작한 여정은 내 이름에 담긴 의미가 무엇이냐는 질문에 다다랐다. 나는 외할아버지를 바라보며 대답을 기다렸다. 외할아버지께서는 짧은 한숨을 내쉰 후 천천히 말씀을 시작하셨다.

“나도 명쾌하게 대답해주고 싶지만 사실 네 이름을 지은 건 내가 아니란다.”

외할아버지의 말씀에 나는 어안이 벙벙해졌다. 마치 쟁

반으로 머리를 한 대 맞은 느낌이었다.

"네? 하지만 엄마는 늘 외할아버지께서 지었다고 했는데요. 그래서 이름을 바꿔달라니까 외할아버지한테 허락받으라고 하셨……, 켁."

전혀 예상치 못한 사실이었다. 당황한 나머지 빠르게 말하다 침이 잘못 넘어갔는지 그만 사레가 들리고 말았다.

"그렇지. 전화로 이름을 알려준 사람이 나였으니 네 엄마는 그렇게 생각할 수도 있을 거야. 하지만 네 이름을 수학이라 지은 건 네 외할머니란다."

"정말이세요?"

전혀 생각하지 못한 말씀이었다. 내 이름을 지어준 분이 외할아버지가 아니었다니.

"호기심이 많고 배우는 것에 열정적이던 네 외할머니는 늘 삶을 배움의 연속이라 생각하며 살았지. 하지만 그게 꼭 학벌을 의미하는 건 아니니 오해하지는 말거라. 네 외할머니는 그저 좋아하는 것을 끊임없이 배우고 익히며 자신을 갈고닦는 일이 가장 큰 행복이라 여겼을 뿐이야. 나는 그 들어가기 힘들다던 명문대에 들어갔지만 형편이 어려워 공부를 끝까지 할 수 없었지. 가슴 한켠에 공부에 대한 미련을 품고 살다가 네 외할머니를 만나 결혼했단다. 하지만 네 외할머니는 내 마음속 그늘을 늘 안타까워했어. 정작 나는 네 외할머니를 만나 삶이 충만해 지면서 그런 미련에서 벗어났는데 말이야. 네 외할머니는 내가 좋아하는 것을 함께 해주고 나에게 영감을 주는 사람이었단다.

우리는 네 엄마를 낳았을 무렵은 생활에 여유가 없어 맞벌이를 해야 했단다. 나이가 들고 돌이켜보니 그때 네 엄마와 많은 시간을 보내지 못한 게 가장 마음에 걸리더구나. 게다가 첫 자식이다 보니 잘 키워보겠다고 이것저것 많이도 시켰었지. 알고 보니 그게 다 우리 욕심이었어. 그래서 둘이 후회도 많이 했지. 다시 기회가 주어진다면 더 잘 키울 수도 있겠다는 이야기도 종종 했단다.

그런 우리에게 너라는 보물이 찾아온 거야. 마치 우리가 네 엄마를 키울 때 겪었던 시행착오를 만회할 수 있는 기회를 다시 받은 듯한 기분이었단다. 네 외할머니는 딸과 함께 제대로 보내지 못했던 시간을 보상이라도 받듯 네가 원하는 건 모두 다 들어주었지.

네 외할머니는 너에게 좋은 습관을 길러주기 위해 어떻게 해야하는지 늘 고민했단다. 아이를 다시 키운다는 마음으로 책도 많이 읽었어. 체스터필드라는 백작이 아들에게 사람들에게 호감을 살 수 있는 매너를 갖추라는 편지를 보냈다는 이야기를 읽은 후에는 네게 메시지를 보내기 시작했단다. 짧은 축하 메시지조차 몇 번이나 다시 쓰고 다듬었는지 몰라. 그리고 만났을 때 미처 다 전하지 못한 말은 수첩에 꾹꾹 눌러 담았지.”

외할아버지의 말을 들으니 가슴 저 안에서부터 뜨거운 무언가가 치밀어 올랐다. 머리로는 기억하지 못했지만 내 마음 어딘가에 자리잡고 있는 유년 시절의 감정들이 꿈틀대며 다시 작동하는 것 같았다.

“지난번에 우연히 너와 차원이가 하는 이야기를 듣고 많은 생각이 들더구나. 그러다 네가 태어나고 어떤 이름을 지을지 온 가족이 고민했던 때가 생각나지 않겠니? 그때 네 할머니가 수학이라는 이름이 어떻겠냐고 했단다. 그래서 나도 너와 똑같이 물었지. 수학의 날에 태어난 걸 기념하기 위해서냐고 말이야. 그러자 네 할머니가 수학은 주문이라고 말하더구나.”

외할아버지는 내 이름이 지어진 배경을 말씀하기 시작했다. 수학이 주문이라니 상상도 못 한 대답이었다.

“주문이요?”

“그래, 주문. 이름을 부른다는 건 그 사람의 인생이 잘 풀리도록 주문을 외우는 것과 같다더구나. 닦을 수, 배울 학. 이 주문에는 수학이 네가 원하는 것이 무엇이든 멈추지 말고 배워 나가라는 바람을 담았단다. 그래서 수학이 너에게 잘 어울리는 이름이라 생각했지. 만일 나도 그런 주문을 가졌다면 공부를 계속 했을지도 모르겠구나.”

내 이름은 외할아버지와 나의 연결고리이자 내가 잘되길 바라는 외할머니의 사랑이 담긴 주문이었다. 그 말을 들으니 내가 잘되라는 바람을 담아 날 볼 때마다 “수학아.”, “우리 수학이.”하고 불러주던 외할머니의 모습이 파노라마처럼 생생하게 스쳐 지나갔다. 외할머니의 음식 사진이나 메시지는 내게 용기를 주는 마법 카드였다. 그리고 외할머니께서 지어주신 이름은 내 바람이 모두 이루어지기를 바라는 주문이었다. 그런 줄도 모르고 그동안 이름을 바꾸려고 발버둥을 쳤던 내가 한심하게 느껴졌다.

“저는 그것도 모르고…….”

외할머니가 너무 보고 싶었다. 한동안 잠잠했던 외할머니와의 추억이 다시 서서히 차오르기 시작했다. 그리운 감정을 막을 길이 없던 나는 결국 엉엉 울고 말았다.

"외할머니가 너무 보고 싶어요. 그리고 너무 너무 죄송해요."

시간이 얼마나 흘렀을까? 털썩 무릎을 꿇고 고개를 두 다리 사이에 묻고 울던 나는 호흡을 가다듬으며 눈물을 닦아 냈다. 내가 마음을 추스를 때까지 기다리시던 외할아버지께서 입을 여셨다.

"수학아. 네 외할머니가 수첩에 적은 네 이야기를 찾아 봤었지? 그런데 네가 아직 못 본 게 있단다. 컴퓨터에도 네 이야기만 모아둔 폴더가 있거든. 네 생일 메시지를 작성해 둔 문서도 있는데, 한 번 보겠니?"

"네. 보고 싶어요."

외할아버지는 외할머니가 작성하셨던 컴퓨터 문서의 존재를 알려주셨다. 폴더를 열어 보니 정말로 '백수학최종.doc'라는 이름의 문서가 들어있었다. 나는 그 파일을 클릭했다. 그 안에는 나에게 보내주셨던 외할머니의 메시지가 기록되어 있었다.

[수학아, 생일 축하한다. 너의 이름처럼 세상 어디에도 없는 멋진 아이가 되길 바라.]

[올해도 네가 태어난 날이 찾아왔구나. 고맙고, 자랑스럽다. 우리 수학이.]

[공부하기 힘들지? 지난번 학원 앞에서 같이 본 친구와 한번 놀러 오렴. 맛있는 거 해줄게.]

파일에는 내 생일 때마다 외할머니가 보내주셨던 문자 메시지들이 적혀 있었다. 그 안에는 뭉치와 함께 놀러오라는 메시지도 있었고 미처 보내지 않으신 메시지도 있었다. 나는 허락을 받고 외할머니가 나를 위해 작성하신 메시지를 모두 복사해서 나의 휴대전화로 전송했다. 그리고 또 하나의 문서인 '백수학진짜최종.doc'를 클릭하는데 외할아버지께서 말씀하셨다.

"그건 암호가 걸려 있더구나. 네 할머니가 자주 쓰던 비밀번호를 다 입력해 봤는데 아직 열지 못했단다. 작성 날짜를 보면 네 할머니가 한창 몸이 안 좋을 때 쓴 거 같은데 나도 내용을 모르니 수학이 네게 무어라 설명해 줄 수 없구나. 미안하다."

몇 번이고 문서를 열어보려고 했지만 실패했다. 외할머니에 대한 죄송함이 흘러넘쳐서일까? 마우스를 잡고 클릭하는 손이 가늘게 떨렸다. 이 문서는 돌아가신 외할머니가 나를 위해 마지막으로 써주신 메시지였다. 어떻게든 파일을 열고 싶다는 간절함이 끓어올랐다.

18

체육관 수학 수업

기말고사 결과가 나왔다. 수학에 다시 재미를 붙여서 일까? 이번에는 그럭저럭 실력을 발휘한 것 같았다.

"야! 오늘 수학 수업은 체육관에서 한대!"

"이번엔 제대로 자유 시간을 주시려나나 본데?"

이번 수업은 체육관에서 하겠다는 수학 선생님의 제안이 신선했다. 아이들은 설레는 표정으로 체육관으로 향했다.

"한 학기 동안 수학 공부하느라 고생했어. 오늘은 수학 시간이지만 몸으로 놀아보자! 오늘 간단한 게임을 할 건데 이긴 팀에겐 음료수를 사 줄거야. 지수는 선생님 좀 도와줄래?"

선생님의 부름에 지수는 선생님이 계신 단상 위로 올라갔다.

"아싸, 음료수다!"

먹을 것이 상품으로 걸리면 아이들의 도파민은 몇 배로 뛴다. 아이들의 환호 소리 사이로 뭉치의 볼멘소리가 들렸다.

"아, 귀찮아. 도대체 뭘 하려는 거야?"

뭉치는 기말고사 결과가 나온 후로 텐션이 급격히 떨어진 모습이다. 평소 같으면 가장 먼저 나서서 설레발을 치며 나를 몇 번이라도 놀렸을 텐데. 설마 지난번에 차원이가 한 말을 듣고 철이 든 건가? 갑자기 얌전해진 이유가 궁금했다.

"다들 4열 횡대로 모여!"

신이 나서 재빠르게 줄을 서는 아이들 사이로 뭉치가 느릿느릿 걸음을 옮겼다.

"자, 일단 팀을 나누자. 지금 자유롭게 선 거 같으니 팀원은 랜덤으로 정해지겠네. 기준 줄을 중심으로 양쪽에 서 있는 사람들끼리 한 팀이야. 이 반은 서른두 명인데 결석

자 한 명에 지수까지 빠지니까 열다섯 명씩 한 팀이 되겠군. 여기가 기준이야! 기준! 손들어!"

"기준!"

수학 선생님은 신속하게 진행했다. 기준이 된 녀석은 책상에 앉아 공부하지 않는다는 사실만으로도 신이 났는지 팔을 번쩍 들었다.

"다들 기준이 잘 보이지? 기준 줄에 있는 네 명 중 앞에 두 명은 왼쪽 팀, 뒤에 두 명은 오른쪽 팀으로 가면 돼. 자 이제 두 팀으로 나누어 내 앞에 두 줄로 선다. 실시!"

아이들은 기준을 중심으로 자기가 속한 팀의 위치로 모여 호다닥 줄을 섰다. 그러면서 누가 자기 팀이 되었는지 살피느라 분주하게 시선이 오고 갔다. 나도 내 앞뒤로 선 친구들을 살폈다. 그런데 아뿔싸! 뭉치가 같은 줄에 서 있었다. 뭉치와는 정말이지 질긴 인연이 아닐 수 없다. 하지만 이제는 내 이름으로 놀려도 흔들리지 않을 자신이 생겨서인지 예전만큼 부담스럽진 않았다.

"세상에, 너희들 너무하는 거 아냐? 평소 수학 시간에는 만날 엎드려 자던 녀석들도 오늘은 완전히 쌩쌩하네."

수학 선생님은 교실에서와는 다른 모습을 보이는 친구

들을 보며 약간 섭섭하신 것 같았다.

"음료수가 달렸잖아요, 선생님!"

누군가가 선생님을 위로했다. 활기찬 아이들 사이로 뭉치의 멍한 표정이 도드라져 보였다. 예전에는 나를 어떻게 놀릴까 신경이 쓰였다. 하지만 평소와 다른 모습을 보이니 그 또한 신경이 쓰였다.

'나도 참, 누가 누굴 걱정하는 거냐고.'

나는 뭉치에 대한 관심을 끄고 문제에 집중했다. 친구들도 고개를 옆으로 빼서 수학 선생님이 무얼 하는지 호기심 가득한 눈으로 바라보았다. 수학 선생님은 화이트보드를 깨끗하게 지우시고는 큰 직사각형을 그리고 반을 나눈 후 가운데 원을 그리셨다.

"농구장 라인 아니야?"

눈치 빠른 아이들의 말대로 완성된 그림은 농구장 라인이었다. 농구장 라인은 체육 선생님보다 더 잘 그리시는 것 같았다. 지난번 차원이가 그린 것처럼 수학 선생님은 그 일부 영역을 숫자로 채웠다. 그림을 본 아이들이 웅성거리기 시작했다.

"자! 주목!"

음료수가 걸린 문제라 그런지 아이들의 집중은 상상을
초월했다.

"자, 여기 별이 내가 서 있는 위치다."

선생님께서는 농구장 그림 위에 자신이 서 있는 위치
를 표시하셨다.

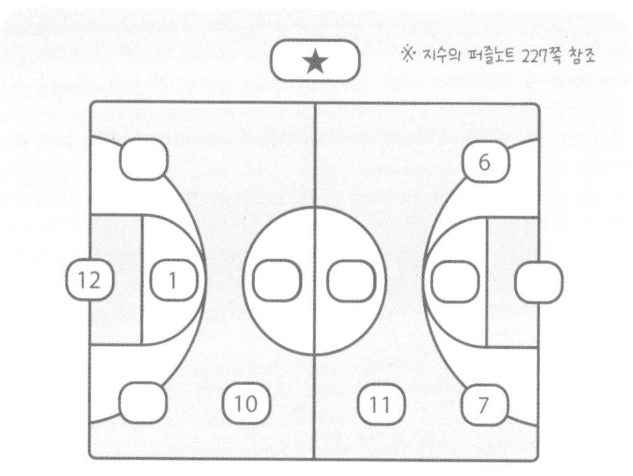

"지금부터 양 팀은 1부터 12까지의 숫자를 한 번씩만
사용해서 각 영역을 채운다. 단, 하프라인 기준으로 왼쪽
과 오른쪽의 합이 같도록 해야 해. 빈칸에 해당하는 수만

큼 사람이 달려가 서면 된다! 그리고 문제를 풀었으면 손을 들어 선생님을 부르도록 해. 답은 내가 확인할 거니까. 숫자를 먼저 완성한 팀이 승리! 무슨 말인지 알겠지?”

수학 선생님의 말씀이 끝나자마자 어느 팀 할 것 없이 게임에 대한 질문이 쏟아졌다. 수학 선생님은 아이들이 충분히 이해할 수 있도록 다시 설명해 주셨다. 그렇지만 나는 질문이 필요 없었다. 왠지 쉽게 풀 수 있을 것만 같아 심장이 요동쳤다. 수학 선생님의 문제는 지난번 차원이가 만든 퍼즐과 아주 유사했기 때문이다. 다만 그때는 지수의 도움을 받아 문제를 풀었지만 오늘은 온전히 나 혼자 해결해야 한다. 혹시 이 문제를 지수가 도와드렸나 싶어 지수 쪽을 바라봤지만 내 눈을 일부러 피하는 것 같았다. 아이들이 얼추 문제를 이해했다고 생각하셨는지 수학 선생님은 벽시계를 힐끔 보신 후 외쳤다.

“영역은 어느 쪽을 차지해도 괜찮아. 단, 조건에 맞게 한쪽 영역을 먼저 완성한 팀이 음료수를 먹는 거야, 알겠지? 자, 시작!”

삐익. 호루라기가 울렸다. 하지만 양 팀의 아이들은 꼼짝하지 않고 문제만 뚫어지게 쳐다봤다.

"수학 시간인데 왜 체육관에서 뛰어야 하냐고."

뭉치는 게임에는 관심이 없는 듯 투덜대기 바빴다. 그러자 같은 팀 친구들 중 몇몇이 인상을 찡그리며 뭉치를 째려보았다. 처음부터 단합이 깨진 듯한 우리 팀과는 달리 상대 팀은 분주히 의견을 주고받으며 퍼즐을 파악하기 시작했다.

"이미 사용한 숫자는 빼자고. 그러면 남은 게 2, 3, 4, 5, 8, 9니까 가서 일단 빈칸에 저 숫자대로 서 볼까?"

"어느 쪽으로 갈 거야?"

"야! 일단 왼쪽에 서 보자!"

대화를 나누던 중 마음이 앞선 한 명이 외치자 상대 팀은 우르르 농구장으로 몰려갔다. 너무 성급한 것 같다는 생각이 들었다. 하지만 상대 팀이 움직이기 시작하자 우리 팀 친구들도 마음이 급해졌는지 소란스러워졌다.

"야! 누가 뭐라도 좀 해봐! 수학 잘하는 애 없어? 넌 왜 가만히 있냐?"

"성적에 반영이 안 되니까 안 하겠지."

같은 팀 친구들의 화살이 수학 성적이 좋은 뭉치에게로 향했다. 평소 모둠 과제를 할 때 자기 점수만 챙기는 모습에 불만이 있던 아이들은 소극적인 뭉치의 태도에 단단히 골이 난듯했다. 나는 아이들의 소란을 뒤로 하고 문제에 집중했다. 지난번에 지수, 차원이와 주고받았던 생각을 떠올렸다.

'이미 다른 팀이 왼쪽으로 갔으니 오른쪽을 공략해야 해. 일단 합이 같아지려면 양쪽이 39여야 하고 39가 되려면 오른쪽은 남은 합이 15. 남은 숫자 중에 15가 되면서 세 쌍의 합이 13이 되어야 하는 숫자를 찾아야 해. 침착하자. 거의 다 왔어.'

내가 문제를 푸는 사이 상대 팀은 부산하게 움직이면서 다 풀었다고 수학 선생님을 불렀다가 계속 퇴짜를 맞고 있었다.

"얘들아, 내가 늘 말하잖니. 생각부터 하고 움직이라고!"

도대체 음료수가 뭐라고. 아이들은 이기기 위해 더욱 날뛰었다. 호들갑을 떠는 것 치고는 아이들이 헤매는 시간이 길어지자 오히려 수학 선생님이 애가 타는 듯했다.

"야! 저쪽 팀은 벌써 답을 검사 받고 있잖아! 돌하르방처럼 여기 서 있기만 할 거야?"

"그럼 네가 뭐라도 좀 해보던지."

열심히 문제를 푸는 아이들과 어떻게 해야 할지 몰라 발만 동동 구르는 아이들이 티격태격했다.

"야! 백수학! 너는 꼼짝도 안 하고 거기서 뭐하냐?"

뭉치는 아이들이 자기를 몰아세우니 그 화살을 나에게 돌리려 했다. 나는 쿵쾅거리는 심장을 가라앉히며 집중했다.

'그러면 6+7, 11의 짝은 2, 그러니까 오른쪽 영역의 한 칸은 2야, 그리고 나머지 한 쌍이 13인 수를 찾으면 돼. 그렇다면!'

드디어 해답이 보였다. 나는 있는 힘껏 소리쳤다.

"야, 야, 야! 모여, 모여!"

내가 학교에서 이렇게 큰 소리를 외친 적이 있을까? 아이들은 평소답지 않은 나의 모습에 크게 놀란 표정들이었다. 무기력하게 있던 뭉치, 뭉치를 짜증스럽게 쳐다보는 아이들을 포함한 우리 팀 전원이 나를 주목했다.

"오른쪽 영역으로 가서 하프라인 부분에 네 명이 서고. 그리고 저기, 저기 자유투 넣는 곳에 두 명, 나머지 골대 아래에는 아홉 명이 서면 돼. 뛰어!"

아이들은 긴가민가한 표정을 지으면서도 지금 우리 팀

에서 다른 답을 낸 친구가 없으니 일단 다들 뛰어갔다. 하지만 뭉치가 뛸 생각을 하지 않고 무기력하게 앉아만 있으니 같은 팀 아이들이 난리가 났다.

"야! 너 이거 성적에 안 들어간다고 그러는 거야? 빨리 안 뛰어?"

"된 거야? 확인해 봐!"

뭉치도 아이들의 성화에 못 이겨 내가 하라는 대로 섰다. 우리 팀 아이들의 눈빛은 여전히 내 말을 믿어도 되는지 의구심에 가득 차 보였다.

"자유투 넣는 곳에 있는 한 명이 하프라인으로 와야 해."

뭉치도 다른 아이들이 무서운지 신속하게 움직여 내가 말한 대로 자리를 조정했다. 빠른 속도로 확인을 마친 나는 수학 선생님을 향해 손을 들었다.

"선생님! 저희 팀 다 됐어요!"

왼쪽 팀은 퇴짜를 맞고 다시 위치를 조정하고 있었다. 수학 선생님은 우리 팀으로 다가와 인원수를 확인해 주셨다. 우리 팀 아이들은 자기 구역에서 선생님을 향해 서서 숨을 죽이고 그 입만 쳐다봤다. 혹시 지수는 답을 알까? 난 지수를 바라봤지만 표정을 읽을 수 없었다. 수업의 끝을 알리는 종소리와 함께 수학 선생님이 외쳤다.

"빙고!"

"와아아!"

농구장에 서 있던 우리 팀 아이들은 무서운 속도로 나에게로 돌진했다. 덕분에 나는 무대 단상 아래의 벽까지 밀려났다.

"야! 백수학 대단하다! 난 뛰라고 해서 뛰긴 했어도 아직 잘 모르겠는데!"

"백수학, 너 진짜 짱이다! 수학 짱이네, 수학 짱!"

다른 아이들이 정말 대단하다고 치켜세웠다. 이게 뭐 수학이라고 할 수 있나? 단순한 덧셈 문제였을 뿐인데 나는 갑자기 수학의 신이 되어버렸다.

"와! 완전 멋져!"

"백수학, 수학 잘하네!"

아이들로부터 이렇게 많은 지지와 칭찬을 들었던 적이 있나 싶다. 수학이 다시 나의 시그니처로 살아난 듯했다.

"야! 누가 백수학보고 수학 뾅이라고 그랬냐? 완전 허를 찔렸어."

"수업 마무리하게 모여!"

　상대 팀 아이들은 허탈한 표정으로 터벅터벅 걸어왔
다. 반대로 우리팀 아이들은 신이 나 제대로 줄을 설 생각
을 하지 않았다.

“지수야. 여기 이거 아이들 나눠 줘.”

약속대로 수학 선생님은 우리 팀에게 음료수를 주셨다.

“축하해.”

지수가 씨익 웃으며 음료수를 내게 건넸다. 보상을 하
나씩 받아 든 우리 팀 아이들 옆으로 상대 팀 아이들이
한 입만 달라며 매달렸다.

“이야, 백수학 덕에 음료수를 다 마시네!”

음료수까지 받고 나니 아이들의 흥분이 최고조에 달한
모양이었다. 별로 친하지 않았던 아이들까지 어깨동무를
하며 내 곁을 떠나려고 하지도 않았다. 하지만 뭉치는 하
나도 신나 하지 않는 모습이었다. 음료수를 나눠주는데
받을 생각도 안 하고 멀찌감치 떨어져 있었다. 그때 우리
팀의 한 아이가 말했다.

“쟤는 시험에 나올 것만 여우처럼 챙기더니 이번 시험
완전히 망했잖아. 그래서 넋이 나갔나 봐.”

난 그제야 뭉치가 왜 그런 세상 무너질 듯한 표정으로

무기력하게 있는지 알 수 있었다. 자세히 보니 초등학교 때 시험을 보고 나온 뭉치가 울먹이며 "우리 엄마는 내가 1등 아니면 실망하는데." 하고 혼잣말을 하며 불안해하던 표정과 똑같았다.

아이들은 삼삼오오 교실로 돌아갔다. 지수도 수학 선생님을 도와드리느라 먼저 나갔다. 아이들이 빠져나가자 체육관은 삽시간에 조용해졌다. 농구장에는 나와 뭉치뿐이었다. 뭉치는 선생님께서 주신 음료수를 옆에 두고 단상에 등을 기댄 채 가만히 앉아 있었다. 나는 체육관을 나서려던 발걸음을 돌려 다시 뭉치에게 다가갔다.

"야, 시험 한번 못 봤다고 세상 무너지지 않아. 수학은 시험 점수가 전부가 아니라고."

내가 무슨 생각에서 오지랖을 떨었는지 모르겠다. 하지만 뭉치에게서 과거 상위권 반에서 밀려났던 내 모습이 보였다. 그건 뭉치에게 하는 말인 동시에 과거의 나 자신에게 하는 말이기도 했다. 한마디 던지고 뒤돌아 나오는데 뭉치가 외쳤다.

"네가 나에 대해 뭘 안다고 그래?"

축 처져있던 뭉치가 다시 날카롭게 날을 세웠다. 그제

야 뭉치다워 보였다. 지수는 뭉치가 나에게 무례하게 대할 때 따끔하게 내 의사를 표현해야 한다고 했지만 아무래도 그건 내 방식은 아니었다. 나는 저러다 말겠지 생각하고 계속 걸어 나왔다.

“내 성적이 떨어질 때까지 기다렸다가 은근히 멕이려는 거 내가 모를 줄 알아? 가증스럽게 착한 척하지 마!”

뭉치는 고래고래 소리를 질렀다. 뭉치는 왜 저렇게 꼬이게 되었을까? 나는 그 이유가 진심으로 궁금해졌다. 이번만큼은 따져 물어봐야겠다는 생각이 들어 앉아 있는 뭉치에게로 다시 다가갔다.

“넌 왜 그렇게 나를 못 잡아 먹어서 안달이냐?”

뭉치는 내가 다가오는 건 예상 못 했는지 움찔하더니 자세를 고쳐 앉았다. 그리고는 이내 소리쳤다.

“너 때문에 내가 열등감을 느끼니까! 내가 왜 악착같이 수학 공부를 했는지 알아? 너 이기려고 그랬다. 너만 이기면 됐으니까!”

“그래? 네가 원하는 대로 됐으니 잘됐네. 이제는 네 성적이 더 좋잖아. 그럼 이제 그만 놀려야 되는 거 아니냐? 왜 자꾸 내 주위를 돌면서 심통을 부리는 건데?”

　나도 이번에는 내 생각을 속으로 삼키지 않고 뭉치에게 따져 물었다.

　"초등학교 때 네 성적이 더 좋았던 거 기억나냐? 그때 내가 얼마나 노력했는지 알아? 그런데 우리 엄마가 그러더라. 수학이는 도대체 어떻게 공부했길래 만날 100점에 1등이고 나는 왜 네 뒤에만 있느냐고. 우리 엄마한테 만날 혼났어. 나는 너 때문에 엄마께 늘 죄송해야 했단 말이야. 우리 집은 성적이 떨어지면 사람 취급도 안 해. 그래서 악착같이 공부한 거야, 그게 너무 무서워서!"

　뭉치는 제정신이 아닌 사람처럼 고래고래 악을 썼다. 왜 그렇게 나를 못 잡아먹어서 안달이었는지 그 이유를 뭉치 입으로 직접 듣고 나니 쓸쓸한 기분이 들었다.

　"너, 나한테 할 말이 정말 많았구나. 내가 물어보지 않았으면 어쩔 뻔했어?"

　"그런데 기분 나쁜 건 뭔지 알아? 엄마가 원하는 대로 널 이겼지만 난 하나도 기쁘지 않았어."

　뒤이어 나온 뭉치의 말은 뜻밖이었다.

　"왜냐고? 너보다 못했어도 너랑 같이 수학 공부했을 때가 훨씬 더 재밌었으니까. 그런데 너는 이제 다른 친구들이 있어서 나 따위는 친구로 생각 안 하잖아!"

나는 어떤 반응을 보여야 할지 알 수가 없었다. 무슨 대답을 해야 할지 고민하고 있던 그때, 지수가 체육관으로 다시 돌아왔다.

"백수학! 안 나오고 뭘 해?"

나는 지수에게 곧 나간다는 손짓을 보내고 뭉치에게 말했다.

"이따가 방과 후에 보자. 그때 마저 얘기해."

사고만 치던 뭉치는 여러 감정이 뒤엉킨 뭉치가 되어 있었다. 나는 그런 뭉치의 말을 어떻게 받아들여야 할지 알 수 없었다. 머릿속도 마음속도 엉망이 되었다. 나는 여전히 일어설 생각이 없는 뭉치를 뒤로 하고 체육관을 걸어 나왔다.

뭉치의 고백

"너보다 수학을 잘하면 내 열등감은 모두 사라질 줄 알았어."

방과 후에 만난 뭉치는 다행히 평정심을 찾은 눈빛이었다. 마치 예전에 함께 공부하던 뭉치를 보는 듯했다.

"엄마를 실망시키지 않으려고 내가 얼마나 아등바등 노력했는지 넌 몰라. 너보다 더 높은 성적표를 받고 최상위권 반에서 내려오지 않으려고 과외도 하고 같은 문제집을 풀고 또 풀었어. 그런데 이상하게도 공부를 하면 할수록 불안해졌어. 하나부터 열까지 미리 대비해야 겨우 안심이 되더라. 점수에만 집착하니 친구들한테도 성적만 챙기는 얌체라는 소리를 듣고. 그래서 그런지 수학 시험을 더 잘 보게 되면 될수록 수학이 싫어졌어. 좋아서 할 땐 몰랐는데 싫은 걸 하면서 좋은 결과를 내려면 더 많은 에너지가 필요하더라고.”

시험을 못 보면 사람이 이렇게 변할 수도 있는 건가? 의아하면서도 날이 무뎌진 뭉치의 모습이 나쁘지만은 않았다. 사람이 궁지에 몰리면 철학자가 된다더니 뭉치도 나름 고민의 시간을 가진 게 느껴졌다.

“기말고사 결과를 보니 머릿속이 복잡해지더라. 이게 내 한계인가 싶어서. 에너지를 있는 대로 끌어서 사용했는데 이런 결과라면 앞으로 어떻게 해야 할지 모르겠어.”

“수학 점수가 안 좋아도 무조건 괜찮다고 할 수는 없지만 수학이란 게 시험 점수가 전부는 아니잖아. 넌 기본기가 탄탄하니 금세 올라갈 거야. 이번 한 번 실수한 걸로 너무 무너지지는 마.”

날 놀려서 좋지 않은 감정도 있었지만 뭉치 이야기를 듣고 보니 공감되는 부분도 있었다. 나는 진심을 담아 뭉치에게 말을 건넸다.

“그날 기억나? 수학 선생님이 수학이 뭐냐고 칠판에 적은 날?"

뭉치는 지난번 수학 시간의 일을 입에 올렸다.

"내가 수학은 우리 반 23번이라고 말했잖아. 나에게 수학은 그냥 과목이기도 하지만 동시에 너이기도 해. 생각해 보면 언제부터인가 나는 수학을 즐긴 게 아니라 수학과 싸운 거 같아. 그러면서 널 대하는 모습도 변한 것 같고. 아마 너도 느꼈을 거라 생각해."

나는 뭉치의 말에 고개를 끄덕였다.

"이제 수학과 화해하고 싶어. 그게 내가 맞닥뜨린 수학 공부의 한계를 극복하는 방법이라 생각해."

내가 그랬던 것처럼 뭉치도 시행착오를 하며 성장하고 있었다.

"다시 즐겁게 공부하고 싶어서 수학을 좋아했던 때를 떠올려 보니 너랑 같이 공부했을 때더라. 너보다 성적이 낮았어도 정말 즐거웠어."

"나도 그때는 공부가 재미있었어."

그건 나도 뭉치와 마찬가지였다.

"너와 어떻게든 접점을 만들려고 이름으로 놀린 거 부끄럽게 생각해. 정말 미안하다. 변명하자면 사실 넌 내가 무슨 짓을 하든 받아줄 거라 생각했어. 믿은 구석이 있어서 더 투정을 부렸나봐. 관심 좀 끌어보려고 말이야.”

뭉치가 멋쩍어하며 말했다. 얘가 아까 나에게 소리를 버럭버럭 질렀던 그 애가 맞나? 순간 헷갈릴 정도였다.

“그걸 관심이라고 생각할 사람이 어디 있냐?”

난 내 이름을 바꿀 생각까지 했다는 말이 튀어나올 뻔했지만 가까스로 삼켰다.

“맞아. 지난번에 지수가 했던 말이 하나도 틀린 게 없더라고. 차원이가 팩트로 날 때릴 때는 정신이 번쩍 났다니까? 걔가 학원에서 그러더라고. 너같이 무던한 아이도 없으니 좋은 친구 놓치지 말라고. 내가 알고 있던 좋은 친구들 모두 나 대신 너랑 친해지니 질투도 났어. 그래서 마음하고 행동이 따로 나갔나봐. 친구와 잘 지내는 법을 배운 적이 없었으니까. 만약 그런 학원 생기면 바로 달려갈 거야. 내가 수학만 잘하지 사회성은 빵점이잖아. 아무튼 다시 한번 사과할게.”

뭉치는 나에게 다시 손을 내밀었다. 내가 그 손을 맞잡으니 솔직하게 털어놓은 게 부끄러운지 뭉치는 얼른 손을 놓고는 빠른 걸음으로 나를 앞질러 걸어 나갔다. 예상치 못했던 뭉치의 솔직한 고백에 그동안 내 안에 쌓였던 섭섭함과 원망이 눈 녹듯 녹아내렸다. 뭉치와 다시 사이좋게 지낼 수 있을까? 맛있는 거 해줄 테니 뭉치와 같이 놀러오라고 하셨던 외할머니의 메시지도 떠올랐다. 나는 멀어져 가는 뭉치의 뒷모습을 물끄러미 바라봤다. 그런데 뭉치가 갑자기 뒤를 돌더니 이렇게 외쳤다.

"야! 그러고 보니 넌 왜 날 뭉치라고 부르냐? 내 이름은 서진이라고! 자기는 이름 가지고 놀린다고 덩치 큰 지수까지 동원해서 날 아주 때릴 것처럼 하더니. 나도 너니까 참아준 거라고, 알겠냐!"

나는 그제야 깨달았다. 나도 서진이를 뭉치로 놀리고 있었고 뭉치도 그걸 참아주고 있었다는 사실을 말이다. 우리 둘은 인연을 계속 이어가고 싶은 마음에 서로의 이름을 놀리거나 바꿔 부르고 있었다. 얽혀있던 감정의 뭉치들이 풀리며 나는 친구 서진이를 되찾았다.

"야, 뭐야! 그렇게 그냥 가는 거냐?"

나는 꽁지가 빠지게 걸어가는 서진이를 보고 소리쳤다. 서진이는 내 얼굴은 보지도 않고 손을 흔들더니 뛰어 가 버렸다.

"참 나. 뭐야?"

만감이 교차하는 심정으로 점점 멀어져가는 서진이를 바라보았다. 뒤에서 나를 기다려주던 지수와 차원이가 다가왔다.

"비 온 뒤에 땅이 굳는다잖아. 너희 둘도 이제 화해하고 다시 좋은 관계가 되면 좋겠다. 이제야 모든 게 원래의 자리로 돌아갔네. 네 이름도, 서진이와 너도."

차원이가 말했다. 차원이는 자신도 친구들과의 오해를 풀지 못했던 경험이 있어서인지 내가 뭉치에게 다시 마음을 열 수밖에 없는 심정을 이해해 주었다.

"그래도 자기가 무얼 잘못했는지는 아는 녀석이네. 내가 옆에서 보면 수학이 너도 늘 뭉치, 아니지, 이제는 이름 불러야지. 너도 서진이와 잘 지내고 싶은 마음이 있었어. 자기를 그렇게 못살게 구는 애랑 왜 잘 지내고 싶은 건지 답답하기는 했는데, 친해지면 나도 좋으니까, 뭐."

한 소리 할 것 같던 지수조차 서진이와 나의 화해를 반겨주었다.

"우리 내일 수학이 외할머니 문서의 암호 풀러 가기로 했잖아. 서진이도 같이 가는 거 어때? 한 명이라도 더 있으면 도움이 될 거야."

차원이가 제안했다. 나는 지수를 쳐다봤다.

"뭐, 나 혼자여도 충분하겠지만 상관없어. 수학이 너 하고 싶은 대로 해."

개명 문제도, 친구 문제도, 내 고민에 대한 매듭을 풀어야 하는 것은 결국 나였다.

20

외할머니의 마지막 편지

"예전에 맛있는 거 해주신다고 놀러 오라고 하셨는데,
이제야 왔네."

외할아버지 댁에 도착하자 서진이가 말했다. 외할아버
지는 서진이도 반갑게 맞이해주셨다. 지수, 차원, 서진이
는 나의 부탁을 듣고 비장한 자세로 컴퓨터 앞에 섰다. 외
할머니의 폴더에 적힌 '백수학진짜최종.doc' 파일을 보며
차원이가 말했다.

"이게 그 문서야?"

"너무 막연한데?"

"수첩 어딘가에 암호를 적어두시지 않았을까?"

서진이는 옆에서 우리의 대화를 들으며 상황을 파악하려고 노력했다.

"안 그래도 수첩을 샅샅이 찾아봤단다. 통장 비밀번호, 가입한 사이트 아이디와 비번도 다 적혀 있는데 이 문서의 암호만 없더구나. 보통은 같은 걸 돌려쓰는 경우가 많으니 다른 비밀번호까지 시도해 봤지만 실패했지."

외할아버지 역시 열리지 않는 문을 두드리는 심정으로 많은 시도를 하셨다. 나는 외할아버지를 위해서라도 이 파일을 꼭 열어 드리고 싶었다.

"혹시 수학이 네가 태어난 날은 아닐까?"

"그건 안 해 본 거 같구나."

차원이의 말에 외할아버지가 말씀하셨다.

"그럼 입력해 볼게."

나는 한자 한자 꾹꾹 눌러 입력했다.

[********]

기대감이 섞인 모두의 시선이 모니터로 향했다. 하지만 화면에 암호가 일치하지 않는다는 메시지가 떴다.

"이거 비밀번호 몇 번까지 입력할 수 있는 거야?"

서진이가 조심스럽게 물었다. 내가 대답했다.

"다행히 제한은 없어."

"그나마 희망적이네."

지수가 말했다. 그리고 잠시 동안 정적이 흘렀다.

"너희는 암호가 뭐라고 생각해?"

차원이가 질문을 던졌다.

"잊어버리면 귀찮은 거?"

"잊지 말고 꼭 기억해야 하는 거?"

지수와 서진이는 이것저것 답을 했다.

"그렇지? 그렇다면 혹시 외할머니는 잊고 싶지 않은 무언가를 비밀번호로 설정하신 건 아닐까? 왠지 외할머니만의 스타일대로 남기셨을 거 같아."

"외할머니만의 스타일?"

차원이의 말에 한 가지 생각이 섬광처럼 번쩍 떠올랐다.

"외할머니가 남기신 마지막 퍼즐 문제와 관련 있는 건 아닐까?"

내 말이 떨어지자마자 지수와 차원이는 서로를 바라보며 동시에 소리를 질렀다.

"그거네! 외할머니가 만든 퍼즐!"

나는 외할머니의 퍼즐 수첩을 빠른 속도로 넘겨 우리 셋이 아직 풀지 않은 마지막 문제를 찾았다. 하지만 거기에는 우리의 예상과 달리 퍼즐이 아니라 외할머니의 글이 적혀 있었다.

저 고요한 날, 내 곁을 지켜준 사람 이야기로 꽃 향 가득 채워지는 저녁이 오네. 어느 하나 치우침 없이 켜켜이 쌓여 온 지난 사연들에 고운 미소를 지어 보이네.

밤하늘 달이 아름다워. 앞마당 작은 밭, 이름 모를 풀 층층이 가득, 은은한 빛을 내려주니, 가녀린 바람 곁, 정원에 포근한 온기가 감돈다. 한밤 내내 달이 품은 은은한 빛, 파도치는 달빛 물결 번져 들녘까지 흘러간다.

가을 들녘, 꽃향 들이키니, 오랜 근원 걱정도 자취 가린 듯, 담 틈에 새로 나타난 이름 모를 작은 풀이 은은한 소리를 서서히 낸다. 나 이제 갈 시간이다.

※ 지수의 퍼즐노트 230쪽 참조

이제 갈 시간이라는 문구가 내 심장을 움켜쥐었다. 하지만 문제를 풀기도 전에 눈물부터 흘리는 건 사치라 생각하며 암호에 집중했다. 외할머니의 퍼즐 수첩을 처음 보는 서진이가 말했다.

"와, 너희 외할머니 혹시 시인이셨어?"

"보통 이런 글은 일상 수첩에 적었는데, 이것만 퍼즐 수첩에 있더구나. 그래서 수필집에 실을 생각이었지."

외할아버지가 담담하게 말씀하셨다. 마지막에 있는 퍼즐의 답이 열리지 않는 문서의 암호일 수 있겠다는 기대가 무너졌다. 다른 힌트를 찾으려는데 퍼즐 덕후 지수가 고개를 갸웃거리며 말했다.

"있잖아, 영어로 된 암호 중에는 철자를 숨기는 암호가 있어. 빠진 철자가 암호의 힌트가 되는 거지."

"그건 나도 알아. 리포그램 말하는 거지? 차원이도 알걸? 우리 지난번에 학원에서 풀었었잖아."

"리포그램이 뭐야?"

내 질문에 차원이가 대답했다.

"리포그램은 특정 글자들을 쓰지 않은 텍스트를 말해. 글자를 생략한다는 고대 그리스어에서 유래한 단어야. 대표적으로 알파벳 e를 쓰지 않은 소설도 있어."

"그런데 한글은 그게 어렵거든? 그래서 많이 해보지는 않았어. 설마, 이게 리포그램일까?"

지수의 말이 끝나자마자 차원이와 서진이의 눈이 재빠르게 움직이기 시작했다. 마치 외할머니의 글을 태워버릴 듯한 눈빛이었다. 열심히 글을 읽던 지수가 고개를 들고 이렇게 말했다.

"여기까지가 한 단락이라고 치면 여기에 사용하지 않은 자음이 있긴 있어."

"진짜?"

지수와 나는 동시에 외쳤다.

"뭐가 없지?"

지수가 말했다. 나도 ㄱ부터 순차적으로 찾아보기 시작했다. 잠시 뒤 서진이가 먼저 소리를 질렀다.

"피읖! 피읖이 없어!"

차원이가 고개를 끄덕였다.

"이거, 정말로 리포그램인가 봐. 그렇다면 다음 단락에도 없는 자음이 있을 거야."

이번에는 조금 더 빠르게 찾기 위해 초성을 나눠서 살

펴보기로 했다. 그러자 결과는 생각보다 빨리 나왔다.

"두 번째 단락에는 시옷이 없어."

이번에도 서진이가 먼저 알아냈다. 우리가 서진이와 함께 오기로 한 선택이 옳았음을 증명이라도 하는 것 같았다. 그때 옆에서 우리 이야기를 듣고 계시던 외할아버지께서 말씀하셨다.

"그렇다면 마지막에는 비읍이 없겠구나."

무언가 짐작하신 듯한 뉘앙스였다. 외할아버지 말에 우리는 열심히 훑어보았다. 마지막 단락에 없는 초성은 내가 가장 먼저 찾았다.

"네, 맞아요. 비읍!"

나는 암호를 알아낸 것 같아 가슴이 요동쳤다. 그때 나와 외할아버지의 시선이 마주쳤다. 삶의 마지막을 정리하며 외할머니가 끝까지 잊고 싶지 않았던 암호는 누구보다 외할아버지가 가장 잘 아는 이름이었다. 나는 영어 키로 바꾸고 암호를 입력했다.

[*******]

문서가 열릴 때까지 세상에서 가장 긴 침묵이 이어졌다.

"열렸다!"

나는 순간적으로 자리에서 벌떡 일어났다.

"우와, 진짜? 진짜 열렸어?"

지수, 서진, 차원이도 깜짝 놀라 나를 따라 일어섰다. 외할아버지는 눈을 감으시며 의자에 등을 기대셨다. 문서를 읽기도 전인데 눈물이 먼저 외할머니의 글을 마중 나왔다. 눈물이 다시 들어가게 하려고 눈을 크게 뜨며 고개를 들었지만 속수무책이었다. 나는 호흡을 가다듬고 문서를 천천히 스크롤했다. 내 눈물은 스크롤하며 내려가는 화면보다 더 빨리 내려왔다.

사랑하는 수학이에게

네가 이 편지를 읽게 될 쯤에

나는 아마 네 옆에 없겠구나.

네가 이걸 보게 되는 날이 올까?

네가 보지 않는다 하더라도 괜찮을 것 같구나.

수학아,

나는 네가 태어났을 때 정말 놀랐단다.

너는 너무 작고, 또 너무 예뻤지.

세상에 이런 생명이 또 있을까 싶었다.

그 작고 맑은 눈을 가진 아이에게

무슨 이름을 지어줘야 할까,

그 이름엔 어떤 의미를 담아야 할까,

나는 참으로 오래 고민했단다.

수학아,

사람은 모두 하고 싶은 일을

다 할 수는 없단다.

네 외할아버지는 하고 싶은 공부를 마치지 못했고

난 어린 네 엄마와 함께 많은 시간을

보내지 못했어.

그랬기에 너만큼은 네가 하고 싶은 일을 다 하면서

살았으면 하는 바람을 담아 이름을 지었단다.

네 이름을 ‘수학’이라고 지은 건

네가 태어난 날을 기억하기 위한

나의 위트라 생각해 주렴.

배움을 멈추지 말고

배우는 기쁨을 잃지 않길 바란다.

내가 지금 가장 아쉬운 건

비싼 보석을 가져 보지 않은 것도 아니고,

이름을 널리 알려보지 않은 것도 아니고,

더 오래 살지 못해서도 아니란다.

나는 지금

네가 그 이름으로 어떤 삶을 살아갈지

보지 못하는 게 가장 아쉽단다.

네 이름이 후회 없는 인생의 대명사가 되도록

충만한 삶을 살아가길 바란다.

사랑하는 수학아!

나는 항상 네가 정말 자랑스러웠다.

사랑을 담아,

외할머니가

나의 이름에는 외할머니의 사랑이 담겨 있었다. 나는 컴퓨터 앞에서 하염없이 눈물을 흘렸다. 외할머니가 너무 보고 싶었다. 지수, 차원이, 그리고 서진이는 말없이 내 등을 토닥여줬다.

에필로그
Q.E.D

"백! 수! 학! 이거 오빠 이름이야."

막둥이가 드디어 누구의 도움 없이도 내 이름을 온전히 쓸 수 있게 되었다. 이로써 올해가 가기 전에 막둥이가 자기 이름은 물론 가족 이름까지 모두 쓰게 하겠다는 엄마의 목표가 달성되었다. 막둥이가 내 이름을 익히는 과정은 마치 이름값을 하지 못한다고 방황하던 내가 다시 참이 되는 이름값을 알게 되는 과정을 비유하는 것 같았다. 몽글이도 내 발치를 뱅글뱅글 돌며 축하해주었다.

엄마는 막둥이가 쓴 내 이름을 뿌듯하게 바라보시더니 나에게 말했다.

"그래도 네가 이름을 바꾸겠다고 소동을 부린 덕에 외할머니의 편지를 찾았으니 얼마나 다행이니. 나도 수학이

네 덕에 미처 몰랐던 부모님의 사랑을 더욱 잘 알게 되었어. 정말 고맙다, 수학아."

막둥이가 삐뚤빼뚤하게 쓴 백수학이라는 이름은 그동안 주변에 부는 바람에 이리저리 흔들리던 내 모습 같았다. 나는 그동안 나를 뒤흔들었던 질문들, 그리고 답을 찾기 위해 애썼던 질문들을 떠올려 보았다. 내가 단지 다른 아이들의 놀림 때문에 이름을 바꾸고 싶었던 걸까? 수학을 잘한다는 건 과연 무슨 뜻일까? 그렇다면 수학은 무엇일까? 내 이름에는 어떤 의미가 담겨있을까? 내가 던진 질문들은 결국 나의 정체성을 찾아가는 과정이자 나를 증명하는 과정이었다.

그 답은 결국 스스로 찾아내야만 했다. 그리고 나는 소설 『데미안』 속 싱클레어처럼 내 주위의 단단한 껍질을 하나씩 깨며 답을 향해 나아갔다. 지수, 차원 그리고 서진이와 같은 친구들은 그 과정을 더 풍성하게 해줬다. 그 과정을 통과한 나는 더 이상 주변에 흔들리지 않고 당당하게 내 이름 석 자로 우뚝 선 사람으로 성장했다.

내 이름은 백수학이다.

Q.E.D.*

* Quod Erat Demonstrandum의 약자. 수학에서 증명을 마칠 때 쓰는 기호다.

지수의 퍼즐노트

수학이는 평소 퍼즐을 잘 하지 않지만, 이 정도는 충분히 풀 녀석이다.

그래도 모르니 풀이를 남겨두려 한다. 먼저 38에서 16과 19의 합을

빼는 칸부터 채워보면 답은 3이다.

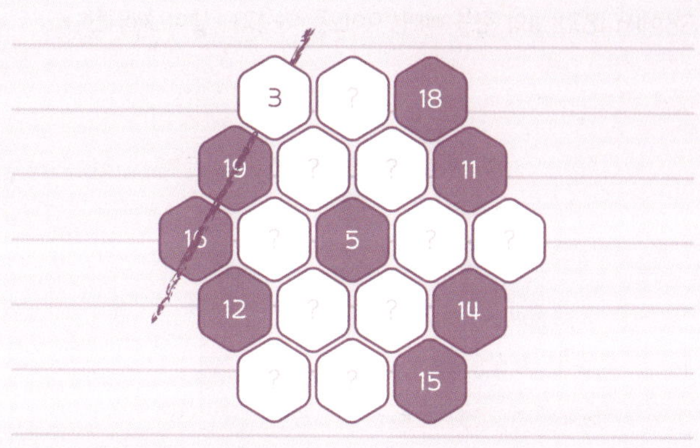

38에서 18과 3의 합을 뺀 나머지는 17이므로 다음과 같이 채워

진다.

38에서 18과 11의 합을 빼면 9이므로 다음과 같이 채워진다.

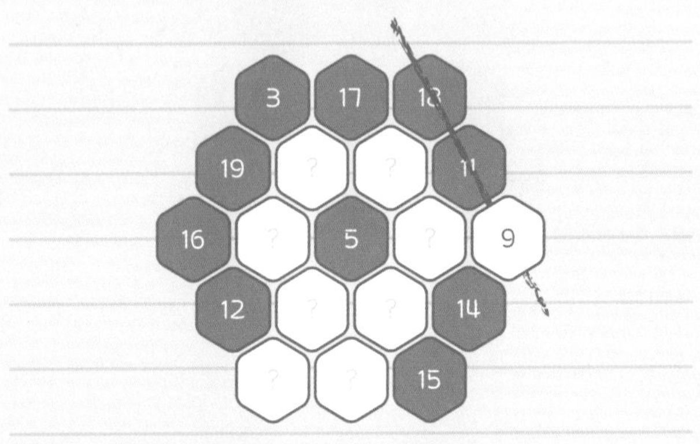

38에서 12와 16의 합을 빼면 10이므로 다음과 같이 채워진다.

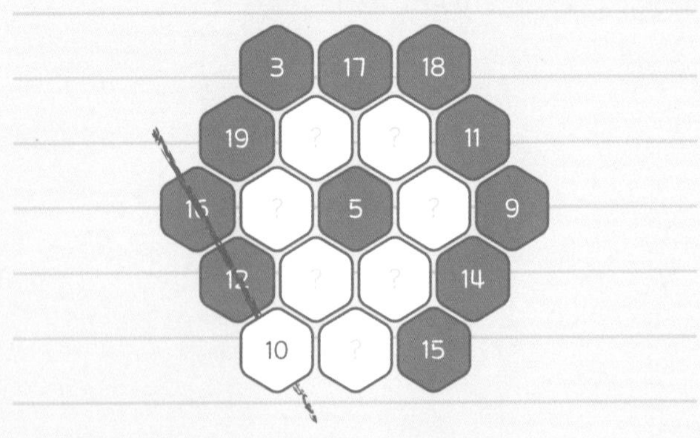

38에서 10과 15의 합을 빼면 13이므로 다음과 같이 채워진다.

이제 남은 빈칸에 사용할 수 있는 숫자는 1, 2, 4, 6, 7, 8이다. 한 줄의 합이 38이 되어야 하니 38에서 19와 11의 합을 빼면 8이 되고, 남은 숫자 중 합이 8인 조합은 1과 7, 2와 6이 있다. 그런데 2와 6을 넣으면 6이 포함된 줄의 합이 18+6+5+10=39이므로 답이 될 수 없다. 그리고 6과 2의 자리를 바꾸어 넣으면 18+2+5+10=35가 되어 나머지 빈칸이 3이 되어야 하는데 그럼 3이 중복이므로 성립되지 않는다.

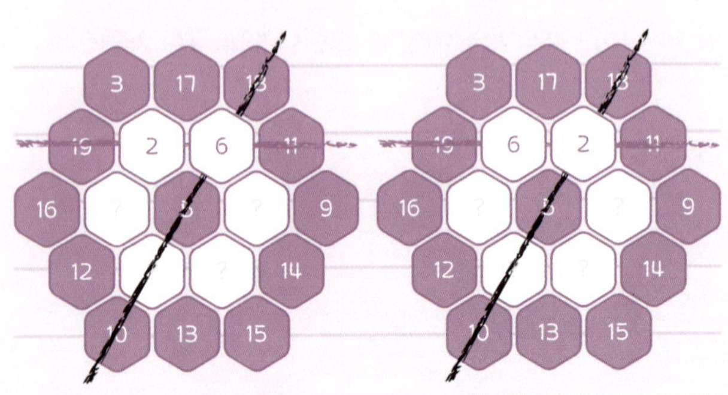

따라서 여기에는 1과 7 또는 7과 1이 들어와야 한다.

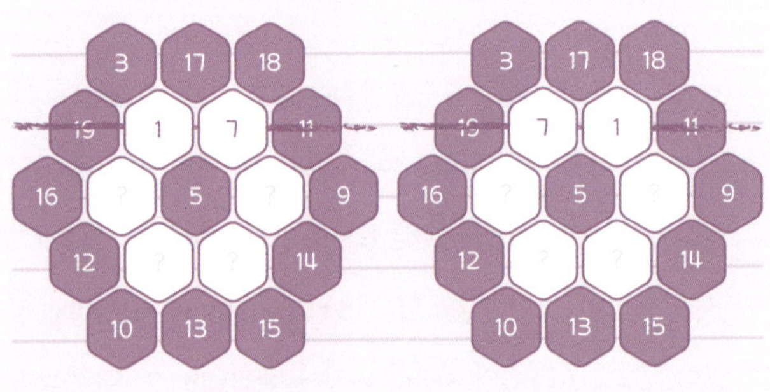

그러나 1과 7일 때는 아래와 같이 17+7+14=38이 되므로 ★칸

에 어떤 숫자가 들어오든 조건을 만족하지 않게 된다.

따라서 완성한 답은 아래와 같다.

수학아, 부디 원하는 바를 이루길 바랄게.

✳ 큰 정사각형의 한 꼭짓점이 작은 정사각형의 중심점에 놓여있다. 이때 두 정사각형이 겹쳐진 부분의 면적은 큰 정사각형 넓이의 $\frac{1}{18}$ 이다. 큰 정사각형과 작은 정사각형의 변의 비는 얼마일까?

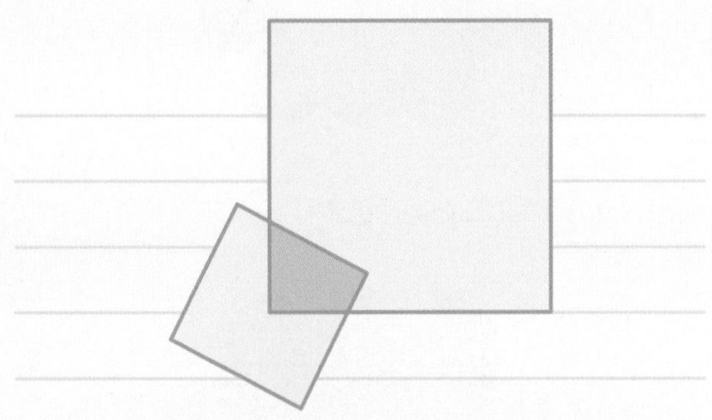

작은 정사각형의 대각선을 그리면 빗금 친 부분은 바로 작은 정사각형 넓이의 $\frac{1}{4}$가 된다. 문제에서 두 정사각형이 겹쳐진 부분의 면적은 큰 정사각형 넓이의 $\frac{1}{18}$라고 했으므로 (큰 정사각형 넓이의 $\frac{1}{18}$)=(작은 정사각형 넓이의 $\frac{1}{4}$) 이다. 그러므로 (큰 정사각형의 넓이):(작은 정사각형의 넓이) =9:2이므로 큰 정사각형과 작은 정사각형의 변의 비는 $3:\sqrt{2}$ 이다.

＊ [수학이 외할아버지의 응용 문제]

작은 정사각형은 한 변의 길이가 4이고 큰 정사각형은 한 변의 길이가 6이다. 큰 정사각형의 왼쪽 아래 꼭짓점은 작은 정사각형의 중심점에 놓여있다. 큰 정사각형의 변은 작은 정사각형 변의 $\frac{2}{3}$지점을 지난다. 색칠한 부분의 넓이를 구하면?

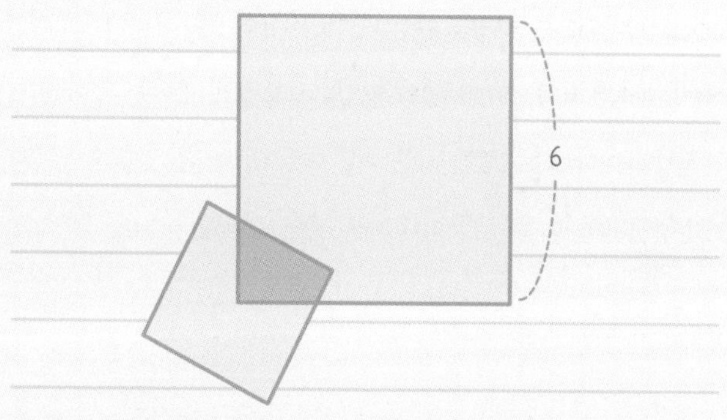

내가 준 문제를 풀었다면 빗금 친 부분의 넓이가 작은 정사각형 면적의 $\frac{1}{4}$이 된다는 사실을 알 수 있으므로 색칠한 부분의 넓이가 4x4x$\frac{1}{4}$=4임을 쉽게 풀 수 있다. 이렇게나 퍼즐을 자유자재로 바꿀 수 있는 내공을 지니셨다니, 나도 수학이 외할아버지를 만나 뵙고 싶다. 퍼즐 덕후끼리 만나 퍼즐을 풀다 보면 만리장성을 쌓을 수 있을 텐데.

❋ 담벼락에 숨겨진 패턴

드디어 말로만 듣던 수학이 외할아버지를 만나 뵌 날이다! 차원이라는 아이가 감탄했다는 패턴도 보았다. 수학 시간에 선생님이 말씀해 주셨던 가우스의 일화가 떠올랐다. 가우스는 어릴 적 1부터 100까지 더하는 방법을 구했다는데, 수학이 외할아버지 댁의 담벼락 패턴은 바로 이 가우스의 방법을 시각적으로 표현한 것이었다. 선생님의 이야기를 들었을 때는 이걸 어떻게 퍼즐로 만들 수 있을지 고민했었는데, 다음과 같이 주어진 도형들 사이의 관계로 표현해보라고 바꾸면 되지 않을까?

다음 숫자들 사이의 관계를 도형들 사이의 관계로 나타내시오.

$$1+2+3+4+\cdots+10=\frac{10\times11}{2}$$

예시 답안)

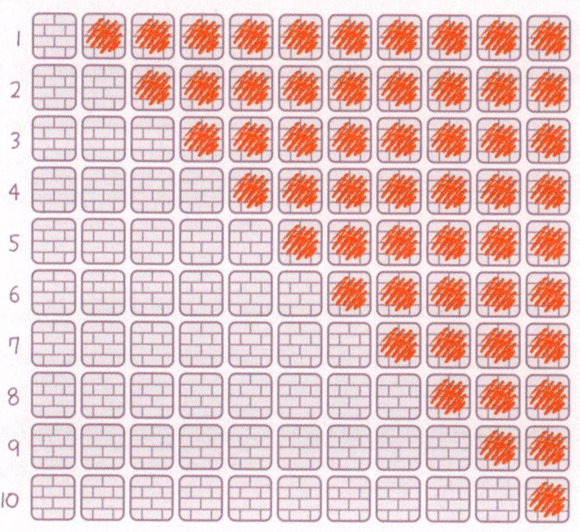

✳ 거실 창문에 숨겨진 패턴

수학이 말에 따르면 고차원은 아래 문양이 무한하게 계속된다고 생각하고 식을 만들었다고 들었다.

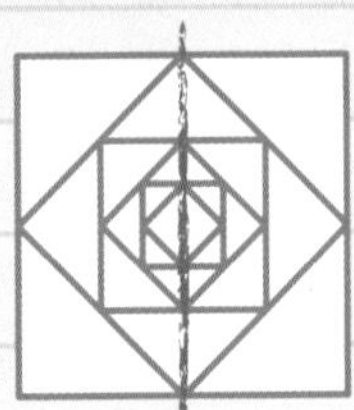

들은 대로 적어보면

$$(\frac{1}{8}+\frac{1}{8}+\frac{1}{8}+\frac{1}{8})+(\frac{1}{16}+\frac{1}{16}+\frac{1}{16}+\frac{1}{16})+(\frac{1}{32}+\frac{1}{32}+\frac{1}{32}+\frac{1}{32})\cdots=1$$

이라고 표현했다고 한다.

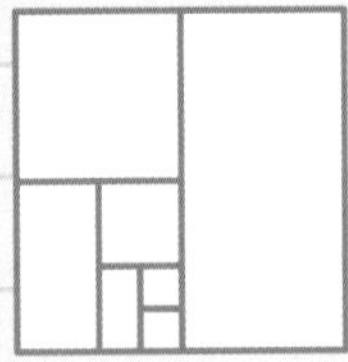

그리고 두 번째 패턴을 보고는

$$\frac{1}{2}+\frac{1}{4}+\frac{1}{8}+\frac{1}{16}+\frac{1}{32}+\frac{1}{64}=1$$ 이라는 식을 만들어 냈다고 한다.

그 이야기를 듣고 나는 거꾸로 퍼즐을 만들어봤다.

$$\frac{1}{2}+\frac{1}{4}+\frac{1}{8}+\frac{1}{16}+\frac{1}{32}+\frac{1}{64}=1$$

식을 따라 정사각형을 나누어 보면 다음과 같다.

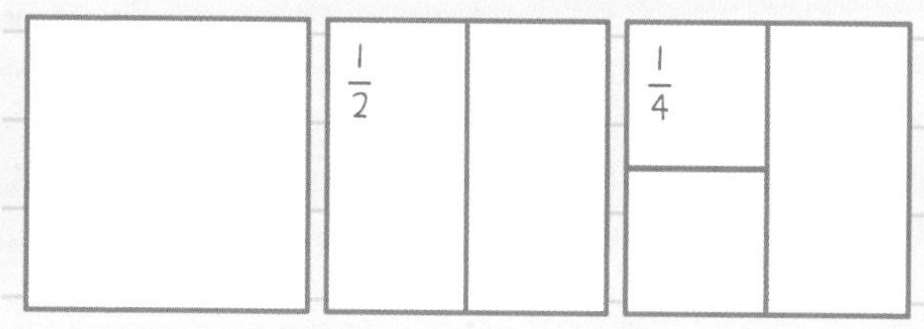

따라서, 식을 따라 사각형을 계속 나누어 가다 보면 다음과 같이 된다.

거꾸로 퍼즐을 만들어보니 이런 식으로 사각형을 나눌 수도 있지만, 대각선으로 분할하여 $\frac{1}{2}$이 되는 방식으로 나눌 수도 있겠다는 생각이 들었다. 이렇게 나누면 과연 어떤 모양이 될까? 자유롭게 풀어보는 것도 좋을 듯싶다.

수학이 외할아버지 댁에서 본 문양을 떠올리며 나도 한 가지 만들어봤다.

아래의 그림을 이용하여 $\frac{1}{4}+\frac{1}{16}+\frac{1}{64}+\frac{1}{256}\cdots=\frac{1}{3}$이 시각적으로 보이도록 색칠하시오.

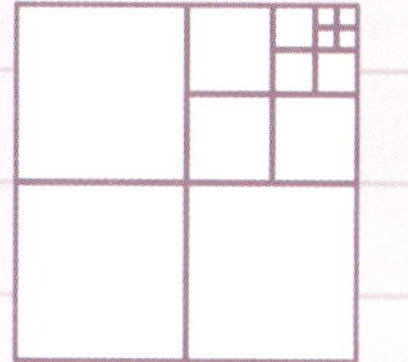

내가 생각한 답은 다음과 같다.

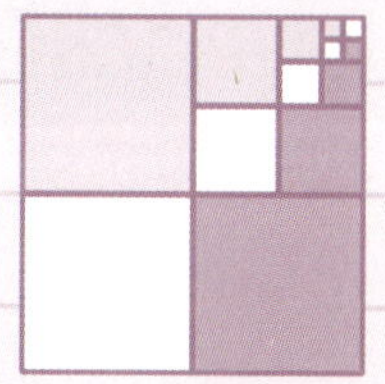

색을 칠하니 더욱 예뻐 보여서 좋은 것 같다.

✱ 오늘 점심 메뉴는 gwhcqgoq입니다.

수학이 외할머니가 수학이 외할아버지보다 한 수 위의 퍼즐 덕후셨다니! 오늘 푼 문제를 잊어버리지 않게 기록해야지. 이건 암호 퍼즐 고전 중의 고전인 시저 암호로, 알파벳을 나열한 후 배열을 옮기는 암호다. 오늘 문제의 답은 제시된 알파벳의 네 번째 뒤에 있는 알파벳을 배열해 읽으면 되었다. 몇 번만 시도해 보면 답이 나오는 가벼운 퍼즐이다.

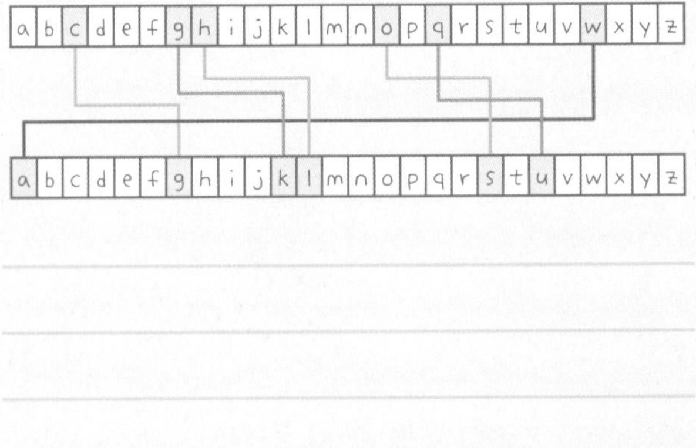

✳ 화인있러보창데지가고한집말요싶봄에고벚어날만놀꽃요.

이건 나보다 수학이가 먼저 풀었던 퍼즐이다. 간발의 차이로 수학이가 정답을 맞춰 버려서 조금 아쉬웠다. 이 암호를 재배열하면 아래와 같다.

화인있러보
창데지가고
한집말요싶
봄에고벚어
날만놀꽃요

이처럼 글자를 직사각형으로 배열한 뒤 미리 지정한 순서대로 메시지상의 문자 위치를 바꾼 암호를 전치암호라고 한다. 시저 암호처럼 문자를 다른 문자로 치환하는 것이 아니라 재배열하는 방식이다. 다만 그 배열을 찾는 데 시간은 걸린다. 그래서 수학이 외할아버지가 힌트를 주셨는데도 금세 발견하지 못했다. 나는 집에 돌아와 수학자 명언으로 하나 만들어봤다. 뭔가 있어 보인다.

다음 갈릴레이의 명언을 완성하시오.

내작톤라작
가한의수할
공다조학것
부면언부입
를플을터니
시라따시다

정답: 내가 공부를 시작한다면 플라톤의 조언을 따라 수학부터 시작할 것입니다.

✳ 1부터 12까지의 숫자를 한 번씩만 사용해서 각 영역을 채우되 하프라인 기준으로 왼쪽과 오른쪽의 합이 같게 만드시오.

기말고사 끝나고 수학 선생님께서 나를 부르셨다. 그동안 다들 책상에 앉아서 공부하느라 고생했으니 몸을 움직이며 풀 수 있는 적당한 퍼즐이 없겠느냐고 물으셨다. 지난번 체육 선생님께 혼날 때 옆에서 보셨다가 날 불러주신 모양이다. 비록 내 수학 성적은 낮아도 퍼즐 실력만큼은 인정해 주시는 것 같아 기분이 좋았다. 이런 걸 보고 전화위복이라고 하는 거지!

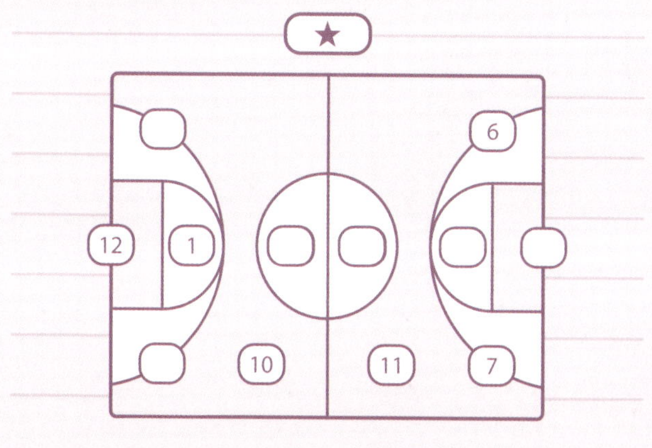

1부터 12까지는 1+12, 2+11, 3+10, 4+9, 5+8, 6+7처럼 그 합이 13이 되는 식이 여섯 개다. 이를 전부 합치면 78이 되므로 1부터 12까지의 숫자 중에 각 영역의 총합이 39가 되는 숫자를 찾으면 된다. 차원이가 처음 만들었던 문제는 이것보다 더 열린 문제였다. 수학 선생님은 모든 아이들이 참여해 쉽게 풀 수 있도록 차원이의 퍼즐에서 몇 개의 숫자를 고정시켜 주셨다. 하지만 아이들은 평소에 풀던 형식의 문제가 아니면 쉬운 것도 어려워하는 경향이 있다. 그래서 내 생각보다 늦게 답이 나와서 조금 놀랐다.

답 :

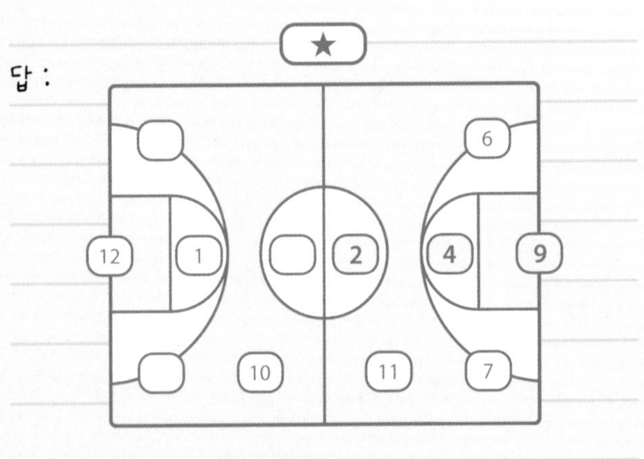

수학이네 팀이 먼저 답을 풀었다. 11이 있으니 2가 나와야 한다. 그러면 11+2+6+7, 그리고 나머지 한 쌍을 먼저 차지하는 팀이 이기는데 수학이네가 선택한 숫자는 4와 9였다. 하지만 5와 8을 선택해도 좋다.

* 리포그램을 이용한 암호

나는 리포그램이라는 건 처음 들었다. 하지만 차원이와 서진이는 학원에서 풀어본 적이 있었나 보다. 보통 영어권에서 나오는 퍼즐이라던데, 이런 시도를 한 수학이 외할머니는 정말 창의적인 분이셨나 보다. 나는 수학이네 외할머니와는 반대로 된소리를 제외한 모든 초성이 나올 수 있는 문제를 만들기 위해 시도해 보고 있다.

자음 ㄱㄴㄷㄹㅁㅂㅇㅈㅊㅋㅌㅎ이 초성에 중복 없이 한 번씩만 사용해서, 자연스러운 문장을 만들어 보자. (단, 순서는 바뀌어도 된다).

이건 나도 아직 답을 찾지 못했다. 혹시 답을 발견한 사람이 있으면 나한테 연락 주기를!

내 이름은 백수학

초판인쇄 2025년 12월 31일
초판발행 2025년 12월 31일

지은이 김상미
발행인 채종준

출판총괄 박능원
책임편집 문서영
디자인 공진혁
마케팅 문선영
전자책 정담자리
국제업무 채보라

브랜드 드루주니어
주소 경기도 파주시 회동길 230 (문발동)
투고문의 ksibook1@kstudy.com

발행처 한국학술정보(주)
출판신고 2003년 9월 25일 제406-2003-000012호
인쇄 북토리

ISBN 979-11-7457-337-7 43810

드루주니어는 한국학술정보(주)의 지식·교양도서 출판 브랜드입니다.
세상의 모든 지식을 두루두루 모아 어린이와 청소년에게 내보인다는 뜻을 담았습니다.
우리 아이들이 지적인 호기심을 해결하고 생각에 깊이를 더할 수 있도록, 보다 가치 있는 책을 만들고자 합니다.